I0574813

MERLIN BEZWINGT EINEN GEIST

MERLINS MAGISCHE ABENTEUER
BAND 2

MOLLY FITZ

KATZENGEHEIMNISSE

© 2022, Molly Fitz.

Abgesehen von den im U.S. Copyright Act von 1976 vorgesehenen Ausnahmen darf diese Publikation weder als Ganzes noch in Auszügen in irgendeiner Form oder auf irgendeine Weise ohne vorherige, schriftliche Genehmigung des Herausgebers reproduziert, verteilt, übertragen oder in einer Datenbank oder einem Abfragesysteme gespeichert werden.

Übersetzung ins Deutsche: Annika Mirwald
Cover-Designer: JoY Author Design Studio

Dieses Buch ist ein fiktives Werk. Namen, Personen, Organisationen, Orte, Ereignisse und Begebenheiten entstammen der Fantasie des Autors oder werden fiktiv verwendet. Jede Ähnlichkeit mit tatsächlichen lebenden oder verstorbenen Personen oder tatsächlichen Ereignissen ist rein zufällig.

Dieses Werkes darf ohne schriftliche Genehmigung des Herausgebers weder als Ganzes noch in Auszügen in irgendeiner Form oder mit irgendwelchen Mitteln, sei es elektronisch, mechanisch, durch Fotokopie, Aufzeichnung oder auf andere Weise, reproduziert oder in einem Datenbanksystem gespeichert werden.

Katzengeheimnisse
PO Box 873543
Wasilla, AK 99687

Bitte kaufen Sie nur autorisierte elektronische Exemplare und beteiligen Sie sich nicht an oder fördern Sie nicht die elektronische Piraterie urheberrechtlich geschützter Materialien.

ÜBER DIESES BUCH

Es war schon schwierig genug, als Vertraute meines magischen Katers zu fungieren, als wir uns sichtbaren Bedrohungen stellen mussten, aber nun hat er es auch noch geschafft, sich mit einem Geist anzulegen, der aus dem Nichts auftauchte. Da frage ich mich doch ernsthaft …

Wie zum Geier sollen wir dieses Ding denn nur besiegen?

Ich vermisse ja schon ein wenig die einfachen Tage, als meine größte Sorge der Themenwahl meiner Masterarbeit galt sowie dem Bemühen, nicht von meinem Aushilfsjob als Barista gefeuert zu werden.

Obwohl ich mir die Magie nicht ausgesucht habe, hat sie zweifellos mich erwählt. Jetzt muss ich nur noch lange genug am Leben bleiben, um auch ein paar der Vorzüge genießen zu können ...

ANMERKUNG DER AUTORIN

Hallo. Danke, dass du dieses Buch gekauft hast. Wenn du ebenfalls ein großer Fan von spannenden, schrägen Tierkrimis bist, sollten wir unbedingt Freunde werden.

Wie wäre es, wenn du direkt einmal meine Facebook-Seite besuchst, die ich speziell für meine treuen deutschen Leser eingerichtet habe? Hier der Link dazu: **Facebook.- com/Katzengeheimnisse**

Oder melde dich für meinen Newsletter an und sichere dir als Abonnent gratis ein digitales Geschenkpaket, einschließlich einer exklusiven Kurzgeschichte über Octocat: **Katzengeheimnisse.com/Abonnieren**

Ich bin sicher, wir werden eine Menge

Spaß miteinander haben. Also schnell umblättern ...

Wir sehen uns dann auf der nächsten Seite.

MOLLY

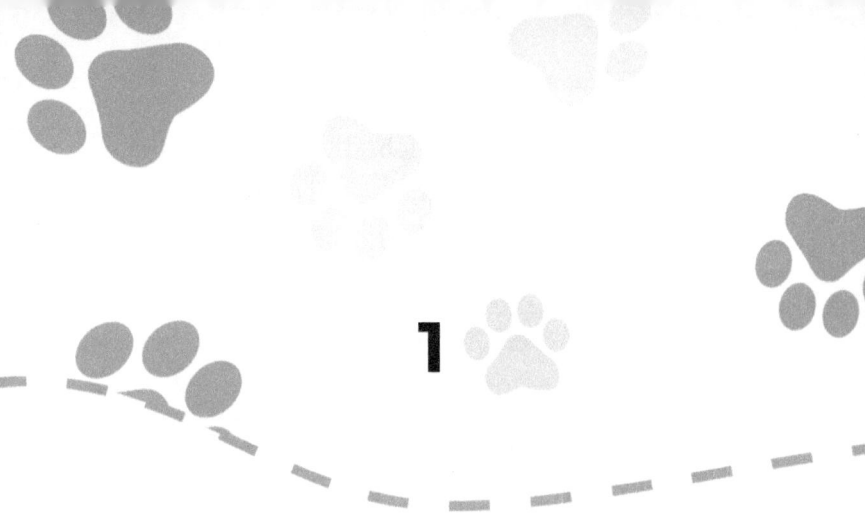

1

Hallo allerseits, mein Name ist Gracie Springs. Bis vor einer Woche war ich eine ganz gewöhnliche, junge Frau. Aber dann wurde mein Chef ermordet ... und zwar mit Magie! Daraufhin wollten die fiese Hexe und deren Gespielin, die dahintersteckten, mir alles in die Schuhe schieben.

Außerdem habe ich herausgefunden, dass ich eine Nachfahrin von König Artus bin. Mein magischer Kater, der plötzlich angefangen hat zu sprechen, hat mich als seine Vertraute auserwählt. Ursprünglich hatte ich ihn Flauschi getauft, aber nun weiß ich, dass er eigentlich Merlin heißt und ebenfalls von berühmter Herkunft ist. In ihm fließt das Blut des ursprünglichen Merlins.

Nein, damit meine ich nicht diesen menschlichen Hochstapler, den alle aus den Geschichten kennen, sondern den wahren Zauberer, der tatsächlich auch eine Katze war.

Dank unserer verknüpften Abstammung besteht zwischen Merlin und mir eine unzerstörbare Bindung ... Na ja, so gut wie unzerstörbar.

Nach der ganzen Aufregung ist es der fiesen Hexe gelungen zu entkommen, aber wir wissen beide, dass sie früher oder später mit einem neuen Plan zurückkehren wird, um Merlin ein für alle Mal seine magischen Kräfte zu entreißen.

Währenddessen habe ich versucht, den Schein eines ganz normalen Lebens zu wahren, indem ich weiterhin als Teilzeit-Barista in Harolds Kaffeehaus arbeite. Das Café wird gerade nach den Vorstellungen unserer neuen Chefin, Kelley, Harolds entfremdeter Tochter sowie Erbin, umgemodelt.

Außerdem stehe ich kurz davor, meinen Masterstudiengang in Soziologie abzuschließen. Ich muss nur noch meine Abschlussarbeit schreiben, dann kann ich mir einen richtigen Job suchen, anstatt ein paar Stunden pro Woche Kaffee auszuschenken.

Aber das ist leichter gesagt als getan, denn ich bin ziemlich damit beschäftigt, mich in meine neue Rolle als Vertraute eines Magiers einzufinden. Sowohl

Merlin als auch seine Freundin Luna, die neuerdings bei uns wohnt, halten mich Tag und Nacht auf Trab.

Ich muss auf alles vorbereitet sein, wenn uns der nächste magische Angriff ereilt, was definitiv früher oder später der Fall sein wird.

Garantiert hätte meine Großmutter sich nicht einmal im Traum vorstellen können, was mich erwarten würde, nachdem sie mir ihr Häuschen in einer kleinen Vorstadt Georgias überschrieben hat, um ihren Ruhestand auf den Florida Keys zu verbringen. Sie wusste definitiv nicht, dass ihr flauschiger Maine Coon sie observierte, um zu sehen, ob sie sich als Vertraute eignen würde, nur um mich dann an ihrer statt zu erwählen.

Obwohl mein Leben total auf den Kopf gestellt wurde, möchte ich es um nichts in der Welt eintauschen. Ich liebe Merlin und ich liebe unsere gemeinsamen Abenteuer, auch wenn sie mir für gewöhnlich einen ganz schönen Schrecken einjagen.

Ich selbst kann zwar keine Magie wirken, aber trotzdem spiele ich eine wichtige Rolle bei unserem Kampf gegen die boshafte Illusionshexe, die es auf uns abgesehen hat.

Wenn sie uns das nächste Mal angreift, werde ich bereit sein.

. . .

Ein schriller Schrei riss mich abrupt aus dem Schlaf.

Meeeeeeeeeeh!

Panisch fuhr ich im Bett hoch und griff nach meinem Handy, um die Taschenlampenfunktion einzuschalten. „Wer ist da?", verlangte ich zu wissen.

Aber statt einer Antwort hörte ich nur, wie Merlin über die Dielen im Gang flitzte.

Meeeeeeeeeeh!

Wieder ertönte der Schrei, und diesmal erkannte ich, dass es Luna war, die sich die Seele aus dem Leib kreischte.

Und so ging es die nächsten Minuten weiter. Kreisch ... Trappel. Kreisch ... Trappel. Schließlich schleppte ich mich hinaus in den Korridor, wo ich meine beiden Katzen vorfand, die mit angelegten Ohren und großen Augen an die Decke am anderen Ende des Gangs starrten.

„Was ist hier los?", fragte ich, da die zwei durchaus in der Lage waren, sich in Worten auszu-drücken.

„G-G-G-Geist!", stotterte Merlin, bevor er erneut den kurzen Gang entlangsprintete.

Ich blickte hinauf zu der Ecke, die Luna fixierte, ohne dabei zu blinzeln. Da war überhaupt nichts.

Trotzdem hakte ich nach: „Was siehst du?" Übli-cherweise war sie die Vernünftigere von beiden ...

oder zumindest diejenige, die sich mir gegenüber bereitwilliger öffnete.

„Bisher sehe ich nichts", flüsterte sie, ohne den Blick von der Decke abzuwenden. „Aber dort oben bildet sich eine Energiequelle. Sie ist noch nicht ganz in unserer Welt angekommen. Wird aber bestimmt nicht mehr lange dauern."

„Also siehst du die Vorstufe eines Geists?", fasste ich zusammen.

„So in der Art."

„Aber wie kannst du dir sicher sein? Du besitzt keine Magie mehr", gab ich zu bedenken.

Luna fauchte ungehalten. „Ich bin zwar keine Hexe mehr, dafür aber immer noch eine Katze. Wir alle können Übernatürliches wahrnehmen, ob magisch oder nicht."

„Dinge, die aus anderen Dimensionen stammen, wie Nocturna?", fragte ich interessiert. Damit bezog ich mich auf die magische Stadt, die nur von Zauberwesen zur Dämmerstunde betreten werden konnte.

Merlin fauchte laut und trat mit den Hinterbeinen in die Luft.

„Das lassen wir mal schön bleiben!", rief ich und hob ihn hastig in meine Arme. „Keine Wirbelstürme im Haus!"

Missmutig murrte er vor sich hin, bis ich ihn wieder absetzte.

„Wir müssen den Geist loswerden, bevor er hier endgültig Gestalt annimmt", erklärte Luna mir mit besorgtem Blick.

„Es ist ein ziemlich schlechtes Zeichen, dass er so bald nach seiner Reise ins Jenseits hier aufgetaucht ist", fügte Merlin hinzu. Als ich ihn ansah, bemerkte ich, dass er einen Buckel machte und seinen Schwanz aufgeplustert hatte.

Also nahm ich ihn erneut in die Arme. „Und Blitzgewitter im Haus gleich zweimal nicht!"

„Aber was sollen wir dann tun?", japste Luna.

„Erst mal mache ich mir einen Kaffee", seufzte ich resigniert. Mir war klar, dass die beiden keine Ruhe geben würden, bis ich diese geisterhafte Erscheinung irgendwie beseitigt hätte ... oder zumindest weit weg von unserem Haus schaffte.

2

Mit der Kaffeetasse in einer Hand ließ ich mich am Küchentisch nieder. Der alte Holzstuhl, auf dem ich saß, war zwar nicht gerade bequem, hielt mich dafür aber wach.

Ich trank einen tiefen Schluck, ließ mich einen Moment lang von der Wärme des Getränks beleben und warf den beiden Katzen mir gegenüber dann einen Blick zu.

„Es ist also ein Geist im Anflug", sagte ich. „Dass das nichts Gutes heißen kann, ist mir schon bewusst. Hat einer von euch eine Ahnung, wie man ihn loswerden kann?"

Luna schüttelte betrübt den Kopf. „Das muss Virginia sein", maunzte sie. Virginia war ihre verstorbene Vertraute. „Ich weiß es einfach."

Merlin rieb tröstend seinen Kopf gegen ihren. „Du hast keine Schuld an ihrem Tod. Dafür ist allein ihre Habgier verantwortlich."

„Es fühlt sich aber so an, als sei es meine Schuld", murmelte Luna. Seit dem Vorfall hatte sie sich Selbstvorwürfe gemacht. Nachdem sie erfahren hatte, dass Virginia hinter ihrem Rücken mit einer anderen Hexe zusammenarbeitete, um mehr Magie zu erhalten, hatte sie die Bindung zu ihrer Vertrauten durchtrennt und somit ihrer beider Kräfte zerstört. Virginia war der entschwindenden Magie hinterhergejagt und dabei kopfüber in einen tiefen Brunnen gestürzt.

Und nun kehrte sie anscheinend in gespenstischer Form zurück, um in meinem Haus herumzuspuken.

War sie auf Rache aus?

Würde sie mir oder meinen Katzen etwas antun?

Was auch immer sie vorhatte, es konnte nichts Gutes sein.

Und das ausgerechnet, als ich dachte, die Lage würde sich endlich ein wenig beruhigen.

Ich konnte nur hoffen, dass Merlin und Luna sich hinsichtlich der Geistererscheinung täuschten oder aber dass es noch eine andere Erklärung für deren plötzliches Auftauchen gab.

Ich holte tief Luft. „Ich weiß nicht viel über

Gespenster außer dem, was ich in alten Gruselfilmen gesehen habe. Könnt ihr mir erklären, was genau es damit auf sich hat?"

Die beiden Fellnasen wechselten einen angespannten Blick.

„Was? Was ist los?", fragte ich und seufzte tief. Eigentlich wollte ich gar nicht hören, was sie zu sagen hatten, aber es wäre besser, auf einen weiteren möglichen Angriff vorbereitet zu sein.

Luna setzte zum Sprechen an, aber Merlin hob eine Pfote, um sie daran zu hindern.

„Du bist bereits viel zu aufgewühlt, meine Liebe. Ich werde Gracie aufklären", bot er großmütig an.

„Es gefällt mir nicht, wenn du über mich sprichst, als wäre ich ein lästiges Anhängsel ohne Plan", murmelte ich, während ich die Hände um meine Kaffeetasse legte, um sie zu wärmen.

„Sieh mal, es ist so", begann Merlin und kam langsam über den Tisch auf mich zu. „Luna und ich sind noch junge Hexen. Oder besser gesagt, sie war eine, bis ... Na ja, egal, jedenfalls will ich damit sagen: Ich bin ein ziemlich junger Magier."

Genervt stöhnte ich auf. Was sollte dieses zusammenhanglose Gestotter? Er sollte mir lieber geradeheraus sagen, was los war, auch wenn es nichts Gutes bedeutete. „Soll heißen?"

Merlin sah zu Luna, die ihm aufmunternd zunickte. Er schluckte schwer, bevor er fortfuhr. „Also, keiner von uns beiden hatte bisher Erfahrungen mit Geistern."

Ich verstand nicht, wo das Problem lag. Gut, sie mochten keine praktische Erfahrung haben, aber theoretisches Wissen war bestimmt nicht weniger hilfreich, und die beiden schienen sich mit der verborgenen Welt der Magie doch bestens auszukennen.

Da sich das Schweigen in die Länge zog, setzte ich ein zuversichtliches Lächeln auf. „Macht doch nichts. Ihr habt ja bestimmt in der Hexenschule gelernt, wie man mit Geistern umgeht, oder nicht?"

Merlin fauchte leise und senkte den Blick, als würde mein Anblick ihm wehtun. „Meine Güte, ihr Menschen und eure engstirnigen Weltansichten. Nur weil ihr eine jahrelange Ausbildung braucht, um produktive Mitglieder eurer Gesellschaft zu werden, gilt das nicht auch für alle anderen Lebewesen. Tatsächlich lernen wir Magier am besten, indem wir einfach nur unsere alltägliche Umgebung beobachten."

Ich warf ihm einen finsteren Blick zu. Ich war definitiv nicht mitten in der Nacht aufgestanden, nur um mich von meinen flauschigen Mitbewohnern beleidigen zu lassen. „Ist ja super. Und was hast du dabei über Geister in Erfahrung bringen können?"

Er hüstelte betreten. „Touché", sagte er. „Leider sind wir nicht wirklich gerüstet, um uns mit einem eher seltenen magischen Vorkommnis auseinanderzusetzen."

Abermals holte ich tief Luft. „Und was machen wir jetzt? Warten wir einfach, bis der Geist sich vollständig materialisiert hat und bitten ihn dann höflich, von hier zu verschwinden?"

„O nein", schnaubte Merlin. „Garantiert nicht."

„Geister sind extrem selten", flüsterte Luna von ihrem Platz auf dem Tisch aus. „Verstorbene kehren nur dann in unsere Welt zurück, wenn sie eine dringende Angelegenheit zu erledigen haben. Etwas, das ihnen zu Lebzeiten so wichtig war, dass es ihre Seele völlig eingenommen hat."

Ein Schauer lief mir über den Rücken. „Klingt ziemlich ernst."

Merlin nickte. „Eine derartige Besessenheit bedeutet oft nichts Gutes."

„Virginia sehnte sich nach Macht", sagte Luna leise. „Vielleicht hat genau das, was sie umbrachte, sie wieder zurück ins Leben geholt."

„Okay, das klingt wirklich ganz und gar nicht

gut", stimmte ich zu und trank noch einen großen Schluck Kaffee.

Meine beiden Katzen starrten mich währenddessen erwartungsvoll an. Super, sonst behandelten sie mich wie einen lästigen Nebencharakter, aber gleichzeitig sollte ich alle Antworten parat haben.

„Äh ... könnten wir ihn nicht in einem Protonenpaket einsperren?", schlug ich achselzuckend vor. Es war schon eine Weile her, seit ich den Film *Ghostbusters* gesehen hatte, aber etwas Besseres fiel mir im Moment nicht ein. Allerdings bezweifelte ich, dass Virginia in der Gestalt eines schleimigen, grünen Zeichentrickgespensts mit einer Vorliebe für Pizza zurückkehren würde.

„Wir arbeiten hier nicht mit herkömmlicher Wissenschaft", erwiderte Merlin und schüttelte sich abfällig. „Immerhin sind wir ein magischer Haushalt, vergiss das nicht!"

„Also auf nach Nocturna?", fragte ich. Die Zauberstadt konnten wir nur zur Dämmerstunde mit Merlins Hilfe betreten.

Meine beiden Katzen nickten zustimmend. „Auf nach Nocturna."

3

So gerne ich noch einmal zurück ins Bett gegangen wäre, hatte das Koffein seine Wirkung getan, und ich war hellwach. Mir blieben noch ein paar Stunden bis zu meiner Schicht im Café, und ich wünschte, ich könnte sagen, dass ich sie mit der Recherche für meine Abschlussarbeit verbracht hätte ... aber das wäre gelogen.

Anstatt produktiv zu sein, sah ich mir die beiden *Ghostbusters*-Filme aus den Achtzigern an. Die neuste Verfilmung schaffte ich zeitlich nicht mehr, hatte aber vor, sie nach der Arbeit, dem Ausflug nach Nocturna und sonstigen unerwarteten Abenteuern anzusehen.

Natürlich vergaß ich über den Mini-Filmmarathon völlig die Zeit und musste mich notdürftig im

Auto auf dem Weg zur Arbeit schminken. Toll, jedem, der mich mehr als ein paar Sekunden betrachtete, würden unweigerlich meine enormen Augenringe auffallen.

Blöder Geist, erst reißt er mich aus dem Schlaf und dann ruiniert er total meinen Look.

Obwohl ich hoffte, dass der gespenstische Besuch eine einmalige Sache sein würde, stellte ich mich innerlich darauf ein, in nächster Zeit nicht viel erholsamen Schlaf abzubekommen. So lief das eben mit der magischen Welt ... nichts war je so einfach, wie man wollte. Selbst die Teleportation steckte voller Schwierigkeiten und man konnte sterben, wenn bei dem Prozess etwas schiefging.

Nein, danke!

Da nahm ich lieber das Auto, auch wenn der Verkehr wahrscheinlich nicht weniger gefährlich war, aber zumindest vertrauter.

Dank einer grünen Welle hatte ich nicht wirklich Zeit, mich an den roten Ampeln zu schminken, und so traf ich mit leicht ungleichmäßigem Eyeliner und einer matten Farbe auf den Lippen bei Harolds Kaffeehaus ein. Das musste reichen.

Meine neue Chefin, Kelley Carmine, bestand darauf, dass das Personal zum Arbeiten erschien, obwohl das Café derzeit renoviert wurde und keine

Kundschaft empfing ... was mir ein wenig seltsam vorkam.

Heute war es noch seltsamer, da wir plötzlich doppelt so viele Mitarbeiter waren. Früher stemmten nur Drake, Kelley und ich den Großteil der Schichten, wobei der verstorbene Harold gelegentlich einsprang, wenn einer von uns nicht konnte. Aber nun drängten sich drei Fremde um die brandneue Espressomaschine, während Kelley damit beschäftigt, war, die Arbeitsschritte für eine Runde Pumpkin Spice Lattes vorzubereiten.

Das war voll ihr Ding. Obwohl sie den ursprünglichen Namen des Cafés zu Ehren ihres Vaters beibehielt, unterzog sich der Rest des Geschäfts einer gründlichen Veränderung, allen voran die Regelung, dass jeder Tag Pumpkin-Spice-Latte-Tag war. Man konnte nicht länger einfach nur einen Kaffee Latte, einen Cappuccino oder einen Kaffee Americano bestellen. Jedes Getränk enthielt nun eine würzige Kürbisnote.

Das neue Menü auswendig zu lernen, stellte für mich die größte Herausforderung dar.

Erst hatte ich Kelleys Pumpkin-Pläne voll und ganz unterstützt, aber da war mir noch nicht klar gewesen, welches Ausmaß diese annehmen würden. Mittlerweile gab es über ein Dutzend Variationen des klassischen Herbstgetränks, einschließlich spezieller Feiertagsversionen, die allerdings ebenfalls das ganze Jahr über angeboten werden sollten.

Lust auf einen Valentins-Latte im August? Kein Problem! Dazu mussten wir einfach nur einen Shot weiße Schokolade sowie ein paar rote Streusel hinzufügen.

Bäh. Allein der Gedanke an diese Monstrosität drehte mir den Magen um.

„Hallo, Gracie!", rief meine achtzehnjährige Chefin mit einem strahlenden Lächeln aus, als ich den Laden betrat. „Jetzt müssen wir nur noch auf Drake warten, bevor wir mit dem lang ersehnten Event beginnen können!"

Sie hielt inne, als erwarte sie eine enthusiastische Antwort von mir. Aber ich starrte sie nur verwirrt an.

Kelly schnalzte mit der Zunge. „Ach, komm schon, Gracie. Du musst es doch besser wissen als jeder andere! Wir haben noch eine Woche bis zur Neueröffnung, was bedeutet, wir müssen uns alle – einschließlich unserer neuen Angestellten – an den veränderten Ablauf gewöhnen. Und dazu gehört ..." Sie pausierte theatralisch, schnappte sich ein paar Löffel und trommelte damit auf der Theke herum. „Die Verköstigung des neuen Menüs! Ich hoffe, ihr habt Appetit mitgebracht!"

Ich weiß bis heute nicht, wie ich es schaffte, mich nicht auf der Stelle zu übergeben. Wahrscheinlich färbte Merlins Magie langsam auf mich ab.

Obwohl ich Kelleys Enthusiasmus wirklich bewundernswert fand, war ihre Pumpkin-Spice-Besessenheit doch ein wenig zu viel für mich. Aber ich mochte sie wirklich gern und wünschte ihr nichts als Erfolg. Außerdem wusste ich, dass ihre Geschäftsidee gut ankommen würde, egal, wie ausgefallen sie auch sein mochte. Dafür hatte ich gesorgt, indem ich ihr meinen einzigen, großen Zauberwunsch übertragen hatte. Nun musste ich mich zwar ohne diesen durchs Leben schlagen, aber das war in Ordnung.

Mein Alltag war auch so aufregend genug, dank meiner Abenteuer mit Merlin und Luna ... und dem Geist, der sich in unserem Haus materialisierte. Wahrscheinlich hätte ich den Wunsch sowieso nur für etwas Belangloses eingesetzt ... oder aber es wäre spektakulär nach hinten losgegangen.

Also erfüllte sich Kelleys großer Traum vom Pumpkin-Spice-Emporium und ich behielt meinen Job. Ich muss schon sagen, je mehr die Dinge sich verändern, desto mehr bleibt alles beim Alten.

4

Etwa zehn Minuten später schlurfte Drake durch die Tür. Er war acht Minuten zu spät zu seiner Schicht. Harold hätte ihm die Leviten gelesen ... und ihn dazu verdonnert, mindestens eine Stunde unbezahlt zu arbeiten. Aber Kelley setzte nur ein Lächeln auf, klatschte in die Hände und verkündete, dass wir mit einem Kennenlernspiel beginnen würden.

Dazu kletterte sie sogar auf einen Stuhl und legte die Hände wie ein Megafon um den Mund – was völlig unnötig war, da wir alle dicht gedrängt um sie herumstanden.

„Ich heiße Kelley und mein Lieblingsgewürz in der Pumpkin-Spice-Mischung ist Ingwer!", rief sie, stieg dann vom Stuhl hinunter und bedeutete mir, dass ich als Nächste an der Reihe war.

Ungeschickt erklomm ich den Stuhl, wobei ich versuchte, vor Verlegenheit nicht im Boden zu versinken. „Ich bin Gracie und ich mag ... Zimt?" Tatsächlich hatte ich noch nie wirklich über mein Lieblingsgewürz nachgedacht.

Und so ging es weiter, für jedes neue Getränk auf dem Menü folgte eine sinnlose Kennenlernrunde. Als wir zu den Eiskaffees kamen, schlug Kelley vor, „Ich habe noch nie ..." zu spielen.

Sobald ich an der Reihe war, wählte ich die folgende Aussage: „Ich habe noch nie einen Geist gesehen." Was ja auch irgendwie stimmte. In meinem Haus materialisierte sich zwar gerade einer, aber davon wusste ich nur, weil meine Katzen es mir erzählt hatten.

Ich war jedoch überrascht, dass Drake daraufhin als Einziger seinen Pumpkin-Spice-Kokos-Latte leertrank.

Drake. Hmm. Was wusste ich eigentlich über ihn?

Er hatte zwar so seine Probleme mit Autoritätspersonen, mir gegenüber war er jedoch immer freundlich gewesen. Die Frage war nur, hatte er bei meiner Runde getrunken, um den Clown zu spielen, oder meinte er es tatsächlich ernst? Wenn er wirklich schon mal einen Geist gesehen hatte, könnte er mir vielleicht mit meinem ungebetenen Gast helfen.

Entschlossen, die Wahrheit herauszufinden, holte ich ihn nach unseren nervenzehrenden Zucker-schock-Aktivitäten auf dem Parkplatz ein.

„Hey, Drake!", rief ich, während ich mich zu ihm gesellte. „Verrückter Tag, was?"

Er zuckte nur lässig mit den Schultern. „War ziemlich langweilig, ehrlich gesagt, aber wenigstens zieht Kelley uns nichts vom Lohn ab, so wie ihr alter Mann. Das ist nicht übel."

Ich lachte etwas zu laut, woraufhin Drake mich argwöhnisch musterte.

„Alles okay bei dir, meine Pumpkin-Spice-Leidensgenossin?", grinste er.

„Ja, alles gut", versicherte ich ihm schnell, wobei ich jedoch errötete. „Hab nur definitiv zu viel Zucker abbekommen heute."

Er nickte und zog seine Schlüssel aus der Tasche. „Das da ist meins", sagte er und deutete auf ein glän-zendes, blaues Coupé neben uns. Ich hätte nicht erwartet, dass er so ein schickes Auto besaß. Ernst-haft, wie konnte er sich den Schlitten mit seinem mickrigen Barista-Gehalt leisten?

„Okay, man sieht sich", fügte er hinzu, nachdem ich eine Weile stumm auf den Wagen gestarrt hatte.

„Drake, warte!", platzte ich heraus, bevor er einsteigen und mir die Tür vor der Nase zuknallen konnte.

Er ließ sich in dem Fahrersitz nieder, ohne die Tür zu schließen, und sah mich erwartungsvoll an.

Ich räusperte mich nervös. Es war mir ein wenig peinlich, ihm die Frage zu stellen, vor allem, falls er tatsächlich nur Spaß gemacht hatte. „Ich wollte dich fragen ..."

Weiter kam ich nicht, denn er unterbrach mich abrupt. „Klar, ich geh mal mit dir aus", antwortete er mit einem lässigen Grinsen.

Ich musste heftig blinzeln und trat einen Schritt zurück. „Äh, nein, das war nicht ..." Verflixt, wie konnte ich die Sache klarstellen, ohne ihn zu verstimmen? Ich wollte unbedingt mehr über seine Begegnung mit dem Geist erfahren. Leider kannte ich mich mit einer derartigen Situation null aus. Welche Anstandsregeln galten für Gespräche über übernatürliche Begebenheiten? Und wie viel konnte ich über meine Lage preisgeben, ohne meine Sicherheit oder Freiheit zu riskieren? Merlin hatte mir eingebläut, dass ich schnurstracks ins Zaubergefängnis wandern würde, wenn ich sein magisches Geheimnis Nichtmagiern gegenüber ausplaudern sollte.

Nachdem ich mehrere Sekunden lang mit

meinem Gedankenchaos kämpfte, ohne etwas zu erwidern, ergriff Drake erneut das Wort.

„Bei dir um acht? Klingt doch gut, oder? Wir sehen uns dann."

Damit schlug er die Autotür zu, schenkte mir noch ein freches Grinsen und fuhr dann mit quietschenden Reifen vom Parkplatz.

Ich hüpfte auf und ab, schüttelte den Kopf und fuchtelte verzweifelt mit den Armen, war mir aber nicht sicher, ob Drake mich durch den Rückspiegel überhaupt sah.

Was hatte ich mir denn nun wieder eingebrockt? Ich hätte ihn einfach geradeheraus fragen sollen. Der Versuch, taktvoll zu bleiben, hatte die ganze Situation nur verschlimmert.

Denn jetzt gab es zwei Probleme, mit denen ich mich herumschlagen musste.

Und für keines von beiden fiel mir eine Lösung ein.

5

Als ich zu Hause eintraf, fand ich meine Katzen auf dem Küchenboden im Sonnenlicht schlafend vor. Ihre Schwänze zuckten im Traum. Ich störte sie wirklich nur ungern, vor allem, weil sie so niedlich aussahen. Vielleicht würde ich eines Tages eine ebenso erfüllende Beziehung haben, wie meine tierischen Mitbewohner sie zu führen schienen, aber dieser Tag war nicht heute. Und der Mann meiner Wahl war definitiv nicht Drake.

„Wir haben ein Problem", verkündete ich, ließ mich auf einem Stuhl nieder und zog meine Schuhe aus.

„Schlimmer als der Geist?", fragte Merlin und gähnte laut.

„Nein, aber trotzdem ist es eine missliche Lage."

„Schieß los", sagte Luna, nachdem sie sich ausgiebig gestreckt hatte und nun zu mir herüberstolzierte.

„Ich habe ausversehen zugestimmt ... oder vielleicht habe ich ihn unbewusst eingeladen ... Äh, also ich weiß nicht genau, wie es passiert ist, aber jedenfalls habe ich ein Date mit einem Arbeitskollegen." Was war nur mit mir los? Warum fiel es mir heute so schwer, selbst die einfachsten Dinge zu erklären? Scheinbar hatte ich meinen Unmut nicht ausreichend zur Schau gestellt, denn meine Katzen waren vor Begeisterung völlig aus dem Häuschen.

„Ein Date? Das ist ja fantastisch!" Lunas blaue Augen funkelten vor Freude. Sie richtete sich auf und fuhr fort: „Merlin und ich haben uns in letzter Zeit ein wenig Sorgen um dein Liebesleben gemacht."

„Im Ernst? Du wohnst gerade mal seit einer Woche hier, Luna. Wie kannst du dir da bereits Sorgen um mein Liebesleben machen?" War ich wirklich so ein hoffnungsloser Fall, dass selbst meine Haustiere mich bemitleideten? Katzen war es doch für gewöhnlich völlig egal, was andere über sie dachten, warum also grübelten sie so viel über mich nach?

„Oh, ein Leben ohne Liebe ist nicht lebenswert",

seufzte Luna. „Willkommen unter den Lebenden, Gracie!"

„Nein, hör auf damit", fauchte ich. Mein Verhalten wurde dank dem Einfluss dieser beiden Unruhestifter immer katzenähnlicher. Wenn ich nicht aufpasste, würde ich mir am Ende noch über den Handrücken lecken und mir damit über die Stirn fahren. Gott bewahre!

„Es ist kein echtes Date", erklärte ich ungehalten. „Es war nur ein Versehen, und jetzt kommt er heute Abend hierher."

„Aber wir wollten doch heute Abend nach Nocturna gehen", erinnerte Merlin mich, wobei seine Schnurrhaare gereizt zuckten.

„Ich weiß!", rief ich. Warum waren die beiden nur so schwer von Begriff?

„Dann ruf ihn doch einfach an und verschiebe das Treffen", schlug Luna ein wenig herablassend vor. Diese Seite gefiel mir gar nicht an ihr. An mir übrigens auch nicht.

„Geht nicht. Ich habe seine Nummer nicht."

Luna gab sich Mühe, weiterhin freundlich zu lächeln, obwohl ihre Fassade langsam bröckelte. „Fahr doch kurz bei ihm vorbei."

„Ich weiß nicht, wo er wohnt."

„Woher kennt er denn dann deine Adresse?",

wollte sie wissen.

„Gute Frage."

„Du scheinst dich ja nicht sehr auf dein Date zu freuen", merkte sie mit einem Stirnrunzeln an. „Wie genau ist es denn zustande gekommen?"

Ich berichtete ihnen von unseren endlosen Kennenlernrunden und Drakes Geständnis während „Ich habe noch nie …".

„Was für ein seltsames Spiel. Warum prahlen Menschen mit dem, was sie noch nie getan haben? Wir Katzen ziehen es vor, unsere Leistungen zu feiern, nicht umgekehrt", wunderte Merlin sich.

„Um das Spiel geht es nicht", schnappte ich. „Sondern darum, dass Drake einen Geist gesehen hat. Aber als ich versuchte, ihn danach zu fragen, sind wir irgendwie beim Thema Date gelandet."

„Eine Verabredung ist doch aber die perfekte Gelegenheit, ihn nach seiner Erfahrung zu fragen!" Ach, Luna, die unerschütterliche Optimistin. Langsam nervte mich ihr Gutglaube ein wenig.

„Mag ja sein, aber wie schon gesagt, wollten wir heute Abend ja eigentlich nach Nocturna", erinnerte ich sie.

„Du musst nicht immer und überall mit uns mitkommen", gab Merlin mürrisch zurück. „Wenn du uns wegen deines Dates lieber im Stich lassen willst, nur zu."

Meine Schläfen pochten schmerzhaft. Wäre es verwerflich, meine Katzen mit Wasser zu besprühen, obwohl ich wusste, dass sie sprechen konnten und eine von ihnen sich mit einem Blitzgewitter an mir rächen könnte?

Ich holte tief Luft und versuchte, nicht laut loszuschreien. „Darum geht es nicht ..."

Luna legte mir beschwichtigend eine Pfote auf die Hand. „Ist schon in Ordnung. Merlin und ich werden ein wenig traute Zweisamkeit genießen. Außerdem wollen wir dich auch gar nicht bei deinem Date stören."

„Darum geht es ... *ARGH*!" Diesmal warf ich frustriert die Hände in die Luft, bevor ich sie wieder auf den Tisch knallte.

„Wie empfindlich", schnaubte Merlin. „Keine Sorge, Eure Hoheit, wir kümmern uns um die Schmutzarbeit, während du dich mit deinem männlichen Besuch vergnügst."

„Wisst ihr was? Geht doch nach Nocturna und amüsiert euch. Ich sitze inzwischen hier bei einem Date, das ich überhaupt nicht wollte."

„Wunderbar", schnurrte Luna. „Dann sind wir uns ja einig."

Ich legte den Kopf in die Hände und konzentrierte mich auf meine Atmung.

„Menschen werden so viel später reif als Katzen", hörte ich Merlin Luna zuflüstern. „Vielleicht hätte ich doch besser die alte Dame wählen sollen."

„Ist es zu spät für einen Wechsel?", fragte Luna wesentlich lauter zurück.

„Du weißt doch genauso gut wie ich, dass man das Band zwischen Magier und Vertrauter nicht brechen kann, wenn es einmal gefestigt ist, ohne dass …"

Luna fauchte leise. „Ja, ich weiß."

„Also müssen wir uns wohl oder übel mit ihr abfinden", schloss Merlin missmutig.

„Ich kann euch immer noch hören!", keifte ich, marschierte dann in mein Zimmer und knallte die Tür hinter mir zu.

Hmm. Vielleicht hatten sie bezüglich meiner Reife gar nicht so unrecht.

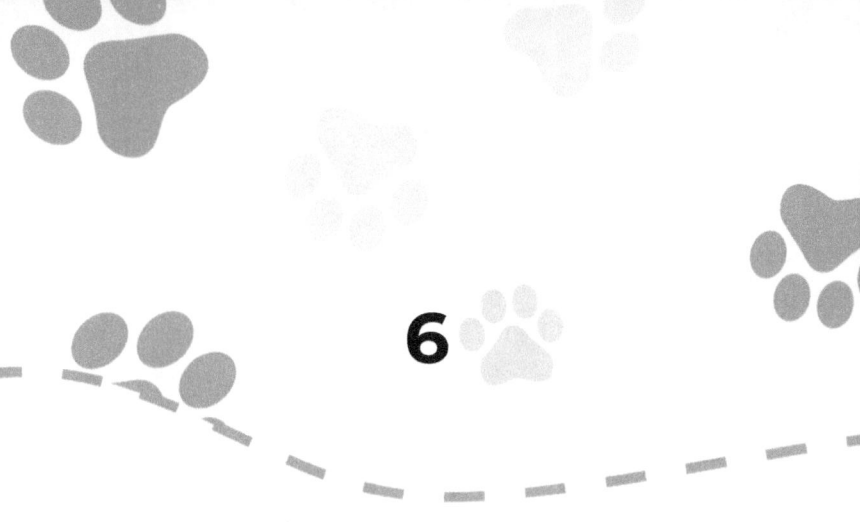

6

An diesem Abend sollte die Sonne etwa gegen Viertel vor acht untergehen. Wenn Drake also ein paar Minuten zu früh wäre, würde er das magische Schauspiel in meinem Vordergarten miterleben.

„Vielleicht sollten wir deinen Kessel nach hinten in den Garten umsiedeln", schlug ich vor, während Merlin und Luna sich auf die Reise nach Nocturna vorbereiteten. Wie gerne würde ich sie begleiten, anstatt hierzubleiben und ein garantiert unangenehmes Date mit Drake zu verbringen.

„Bist du verrückt?", fauchte Merlin und sah mich streng an. „Dabei könnten wir den Kessel beschädigen, und dann könnten wir unsere Verbindung zur Zauberwelt für immer verlieren."

„Schon gut, schon gut, war ja nur eine Idee", murmelte ich und kickte gegen ein Büschel hohes Gras am Rande der Einfahrt. So großartig es auch war, ein eigenes Haus zu besitzen, hatte ich mich bisher noch nicht erfolgreich mit dem Rasenmäher auseinandersetzen können. Jedes Mal, wenn ich ihn anwarf, löste der Geruch von frisch geschnittenem Gras eine allergische Reaktion aus und verursachte einen heftigen Niesanfall. Da ich den Rasen aber nicht wuchern lassen wollte, fuhr ich mit dem Mäher so schnell es ging darüber, wobei ich nicht gerade auf Genauigkeit achtete. Hauptsache, ich erwischte irgendetwas dabei. Weil ich es mir nicht leisten konnte, jemanden für diesen Job zu bezahlen, mussten meine Nachbarn sich mit dem chaotischen Anblick abfinden.

„Beim nächsten Mal solltest du dein Rendezvous besser woanders planen", schnurrte Luna. Sie wand sich um meine Beine, doch ich trat einen Schritt zurück. Ihr aufdringliches Interesse an meinem Date – oder generell an meinem Liebesleben – behagte mir immer noch nicht.

„Es ist kein Rendezvous. An diesem Treffen ist rein gar nichts romantisch", korrigierte ich sie genervt. „Wie ich schon sagte, er hat sich selbst eingeladen."

Merlin flüsterte Luna etwas zu, das ich nicht hören konnte, und sie drehten sich beide kichernd zu mir um.

„Macht euch endlich auf den Weg", schnaubte ich und trat erneut gegen das Grasbüschel. „Bleibt von mir aus für immer in Nocturna."

Prustend sprangen die beiden auf die Vogeltränke, plantschten ein wenig im Wasser herum und verschwanden in einem grün-leuchtenden Strudel. Ich würde mich bestimmt niemals an Merlins merkwürdige Reisemethoden gewöhnen, weder an seinen als Vogelbad getarnten Zauberkessel, der als Portal diente, noch an seine Fähigkeit, sich und andere durch zweimaliges Blinzeln zu teleportieren.

Jedes Mal, wenn mein neues Leben als Vertraute langsam einen Sinn ergab, geschah irgendetwas Verrücktes und warf alles, was ich bisher zu verstehen geglaubt hatte, wieder über den Haufen.

Anscheinend war das nun mein ganz normaler Alltag. Alles schwebte in einem Zustand zwischen langweilig und sicher, faszinierend, aber nervenaufreibend. Mein Leben mit Merlin würde wohl immer voller Überraschungen stecken.

Nachdem er und Luna gegangen waren, blieb mir ein wenig Zeit, um mein Make-up zu richten ... vorausgesetzt, Drake kam pünktlich oder sogar ein wenig zu spät. Wenn es nach seinem Arbeitsverhalten ging, würde er sich vermutlich verspäten.

Ich hatte es nicht gewagt, in Anwesenheit der Katzen einen Pinsel oder eine Puderquaste in die Hand zu nehmen. Auch wenn ich diesem Date nicht wirklich zugestimmt hatte, wollte ich doch hübsch aussehen. Außerdem freute ich mich über jede Gelegenheit, mich ein wenig herauszuputzen.

Da außer diesem Fake-Date keine richtigen Verabredungen in nächster Zukunft anstanden, wollte ich meine neue Meerjungfrauen-Lidschattenpalette ausprobieren.

Obwohl ich mich beim Auftragen der schillernden Farben beeilte, war ich wohl leider nicht schnell genug, denn als ich gerade halbwegs fertig war, klingelte es an der Tür.

„Ich komme schon!", rief ich und besah mich hastig im Spiegel. Verdammt, hätte ich doch nur fünf Minuten länger gehabt!

Pünktlich auf die Minute, bemerkte ich mit einem schnellen Blick auf die Mikrowellenuhr, als ich durch die Küche lief. Das hätte ich von Drake ehrlich gesagt nicht erwartet.

Er wartete geduldig auf der Türschwelle, gekleidet in ein schwarzes Hemd, Krawatte und ein

Sakko, das er mit Jeans und einem Paar abgetragener Turnschuhe kombiniert hatte.

„Hi, Drake", begrüßte ich ihn, während mein Blick auf die einzelne Blume fiel, die er in der Hand hielt. Sie war blutrot mit spitz zulaufenden Blütenblättern. Ich hatte keine Ahnung, zu welcher Gattung sie gehörte.

„Für dich", sagte er mit einem kleinen Lächeln, das ich beinahe charmant fand.

„Danke", erwiderte ich und nahm sie entgegen. „Sie ist wirklich hübsch."

„Es ist eine schwarze Narzisse, auch Kaktus-Dahlie genannt", erklärte er auf seine typisch selbstgefällige Art.

„Mit Blumen kenne ich mich ehrlich gesagt nicht so gut aus", gab ich stirnrunzelnd zu. „Kaktusse brauchen nicht viel Wasser, richtig?"

„Der Plural von Kaktus lautet Kakteen", korrigierte er mich schmunzelnd und steckte beide Hände in die Hosentaschen. „Außerdem ist es eine Schnittblume. Sie wird so oder so absterben, also kannst du nicht viel falsch machen."

„Oh", erwiderte ich, da mir nichts Besseres auf seine etwas beunruhigende Erklärung einfiel. „Jedenfalls … danke. Komm doch rein."

Ich eilte in die Küche, um ein Gefäß für meine

Blume zu finden. Oma Grace musste hier doch irgendwo Vasen aufbewahrt haben. Nach ein paar Minuten gab ich die Suche auf und stellte sie in einen Krug, den ich bisher nur ein- oder zweimal für selbstgemachte Limonade verwendet hatte.

Für die Blume erhielt Drake definitiv Pluspunkte. Aber da es ja kein echtes Date war, tat das nicht viel zur Sache.

Jetzt, wo ich darüber nachdachte, fiel mir auf, dass ich seit meinem Umzug nach Elderberry Heights weder auf Verabredungen war noch welche haben wollte. Zunächst war ich damit beschäftigt gewesen, mich in meinem neuen Heim und Teilzeitjob zurechtzufinden, während ich vorgab, an meiner Abschlussarbeit zu recherchieren. Mittlerweile hatte ich alle Hände voll damit zu tun, Mordfälle aufzuklären, gegen fiese Hexen zu kämpfen und meine sprechenden Katzen unter Kontrolle zu halten. Es würde an ein Wunder grenzen, wenn ich es je wieder schaffte, mich ernsthaft zu verabreden.

Aber das brauchte Drake natürlich nicht zu wissen.

Für mich gab es heute Abend nur ein Ziel: herauszufinden, was er über Geister wusste und ob mir diese Informationen bei meinem Problem helfen könnten.

7

„Wird das hier eher ein Netflix-und-Chill-Date oder ...?", fragte Drake mit einem anzüglichen Grinsen.

Bei dem Gedanken konnte ich ein Schaudern nicht unterdrücken. „Äh, nein! Gib mir nur fünf Minuten, dann können wir losziehen."

„Wohin denn?", fragte er und folgte mir den Gang entlang.

„Keine Ahnung. Wohin du willst", rief ich ihm über die Schulter zu, bevor ich im Badezimmer verschwand und die Tür hinter mir schloss.

„Du hast doch mich um eine Verabredung gebeten", rief er durch die Tür. „Also bin ich davon ausgegangen, dass du einen Plan hast."

Ich biss mir auf die Lippe, um nicht damit herauszuplatzen, dass ich überhaupt nicht vorhatte, ihn auf dieses *Date* einzuladen. Sonst würde er mir bestimmt nicht verraten, was er über Geister wusste. Daher musste ich das Spielchen eine Weile mitspielen.

„Wie wäre es mit einem Spaziergang im Mondlicht?", schlug ich vor, nachdem ich fertig geschminkt das Bad verließ. Mein Look gefiel mir, was mir die Laune erheblich versüßte.

„Hübsche Augen", bemerkte auch Drake mit einem anerkennenden Nicken. „Steht dir echt gut."

„Du kennst dich mit Make-up aus?", quietschte ich überrascht.

„Nicht wirklich, aber ich versuche, über alles zumindest ein bisschen Bescheid zu wissen. So bleibt das Leben spannend. Und klar, ein Spaziergang klingt gut." Er grinste und bedeutete mir, vorauszugehen.

Plötzlich wurde ich nervös.

Drake war offensichtlich viel aufmerksamer, als ich ihm immer zugetraut hatte. Bedeutete das, dass ich ihm unbeabsichtigt Signale gesendet hatte und ihn tatsächlich daten wollte?

Draußen bot er mir seinen Arm an, und ich hakte

mich bei ihm unter. Ich kam mir richtig elegant vor, wie wir so gemächlich durch die Nachbarschaft schlenderten.

„Wie bist du zu dem Job im Café gekommen?", fragte er, den Blick in die Ferne gerichtet.

„Musste mir irgendwie das College finanzieren", antwortete ich aus Gewohnheit. Die Frage hörte ich öfters, vor allem von Professoren und anderen Studierenden, die sich wunderten, warum ich mich von einem Nebenjob ablenken ließ, anstatt mich auf meinen Abschluss zu konzentrieren, um eine viel besser bezahlte Stelle zu ergattern. „Wie steht's mit dir?"

„Ich befolge nur Befehle", sagte er und grinste mich schief an.

„Was? Von wem denn?"

Er seufzte ernüchtert. „Es gehört zu den Bedingungen meines Treuhandfonds. Wenn ich da dran will, muss ich beweisen, dass ich einen Job halten kann. Um meinem Vater eins auszuwischen, habe ich mich beim Café beworben, weil ich genau weiß, dass er eigentlich etwas ganz anderes für mich im Sinn hatte."

„Du hast also reiche Eltern? Das erklärt so Einiges", sagte ich, als mir sein schickes Sportcoupé wieder einfiel.

„Kann man so sagen, Darling", erwiderte er mit einem charmanten Lächeln und brachte mich unwillkürlich zum Lachen. Zumindest hatten wir Eines gemeinsam: Auf uns lasteten die Erwartungen anderer. Zwar würde ich meinen Abschluss schon irgendwann schaffen, aber dann wüsste ich trotzdem nicht, was genau ich mit meinem Leben anstellen wollte. Eigentlich hatte ich mich nur für Soziologie entschieden, weil es so ein breit gefächertes Studienfeld war. Und für den Master hatte ich mich nur eingeschrieben, weil der Bachelorabschluss allein nicht für einen guten Karrierestart reichte.

Generell erschien mir eine Null-acht-fünfzehn-Anstellung jedoch ziemlich langweilig, da ich mich lieber vom Leben überraschen ließ.

„Ödet dich das denn nicht an?", fragte ich Drake. „In einem Teilzeitjob ohne Aussichten festzustecken und auf die Auszahlung deines Fonds zu warten?" Er musste ja nicht wissen, dass ich selbst absolut keinen Plan von der Zukunft hatte.

„Öde? Von wegen. Und wer sagt, dass ich keine Aussichten habe? Ich weiß immerhin ein bisschen über alles Bescheid. Wie ein echtes Universalgenie."

„Zum Beispiel über Blumenzucht", fügte ich mit einem Grinsen hinzu. „Oder Make-up."

Er nickte. „Oder Geister."

Oh, perfekt. Er hatte mir genau das Stichwort geliefert, auf das ich gewartet hatte. „Ach ja, darüber habe ich mich schon gewundert."

Er senkte den Blick und lachte leise. „Ich weiß. Glaubst du etwa, das ist mir auf dem Parkplatz nicht aufgefallen?"

Ich blieb wie angewurzelt stehen und starrte seinen Hinterkopf an. „Aber du …"

Er hielt ein paar Schritte weiter inne und drehte sich zu mir um. „Ich habe die Situation eben zu meinem Vorteil ausgenutzt. Eigentlich wollte ich dich schon längst mal um ein Date bitten und dachte mir, auf diese Weise würdest du zustimmen."

„Hinterhältig", erwiderte ich mit einem breiten Grinsen.

„Ich würde eher genial sagen", entgegnete er mit einem Zwinkern.

„Nein, ich bleibe bei hinterhältig", lachte ich, holte dann zu ihm auf und hakte mich erneut bei ihm unter. „Also, erzählst du mir jetzt alles über die Geister?"

„Geist", korrigierte er mich. Sein Lächeln wurde von einem besorgten Stirnrunzeln verdrängt. „Ich habe nur diesen einen gesehen."

„Erzähl mir davon", bettelte ich praktisch und drückte seinen Arm.

Seine Miene erhellte sich wieder. „Gut, da ich bekommen habe, was ich wollte – und zwar, privat Zeit mit dir zu verbringen –, ist es wohl nur fair, dass du auch etwas bekommst. Eine frisch gebrühte Geistergeschichte, kommt sofort!"

Er räusperte sich verheißungsvoll ...

8

„Also gut, es geschah in einer dunklen, stürmischen Nacht ...“

Ich stöhnte genervt und warf den Kopf in den Nacken. „Im Ernst jetzt?“

„Wenn du die Geschichte hören willst, musst du mich die passende Atmosphäre schaffen lassen“, erwiderte Drake. Er grinste mich schief an, wobei ihm eine seiner dunklen Locken in die Stirn fiel.

Ich verdrehte nur die Augen, bedeutete ihm aber, mit der Geschichte fortzufahren.

„Wie ich schon sagte, es war eine dunkle, stürmische Nacht.“ Theatralisch riss er die Augen auf und warf mir einen warnenden Blick zu, ihn bloß nicht wieder zu unterbrechen.

Als ich brav den Mund hielt, grinste er noch breiter als zuvor.

„Ich war gerade einundzwanzig geworden, was bedeutete, dass ich nun legal Zugriff auf meinen Treuhandfonds hatte. Ich begab mich auf einen Road Trip durch das ganze Land, um zu entscheiden, wo ich mich niederlassen sollte. Meine einzige Bedingung war, dass ich so weit weg von meinen Eltern ziehen wollte wie möglich. Als ich gerade auf dem Weg nach Miami war, brach ein gewaltiger Sturm über mich herein und ich musste rechts ranfahren, um zu warten, bis er vorüberzog. Während ich so dasaß, erschien plötzlich wie aus dem Nichts eine Frau in weiß." Sein Blick verklärte sich, als er sich die Erinnerung ins Bewusstsein rief. Bestimmt stellte er sich die Szene gerade bildlich vor.

Drake holte tief Luft, wobei sein Atem leicht zitterte. „Sie trug ein altmodisches Kleid und war barfuß. Durch den dichten Regen konnte ich sie kaum sehen, aber trotzdem konnte ich erkennen, dass sie halb durchsichtig war."

Ich schnappte hörbar nach Luft. „Wow, du bist also tatsächlich einem Geist begegnet."

„Wieso sollte ich dich deswegen anlügen?", fragte er und hob eine Braue.

Unter seinem eindringlichen Blick löste ich

meine Hand von seinem Arm und trat einen kleinen Schritt zur Seite. „Hast ja recht. Tut mir leid. Erzähl doch bitte weiter."

Er zuckte mit den Achseln. „Recht viel mehr gibt es nicht zu erzählen. Ein anderes Auto kam die Straße entlang und fuhr das Ding fast um, kam aber ins Schleudern und schlidderte in den Graben. Ein Minivan hielt an, um den Verunglückten zu helfen. Irgendwann hörte der Regen auf und ich setzte meinen Weg nach Miami fort. Dort blieb ich für ein paar Monate, aber die viele Sonne ging mir irgendwann auf den Wecker, also kam ich zurück nach Georgia, um die Stelle zu suchen, an der ich den Geist gesehen hatte. Als ich sie nicht mehr finden konnte, gab ich die Suche auf. Zu diesem Zeitpunkt bemerkte ich den Aushang in Harolds Kaffeehaus, dass Aushilfen gesucht wurden, und entschied mich, in Elderberry Heights zu bleiben."

„Wow", flüsterte ich, obwohl ich noch dabei war, die ganze Geschichte zu verdauen. „Also glaubst du auch wirklich an Geister?"

„Auf jeden Fall", bekräftigte Drake ohne zu zögern, als hätte ich ihn gefragt, ob der Himmel blau sei. „Ich habe mir seitdem ein paar Spukhäuser angesehen und mit Hellsehern gesprochen, doch das war alles nur Betrügerei und Schwindel."

Ich legte ihm eine Hand auf die Schulter und wartete, bis er sich zu mir hinunterbeugte, bevor ich ihm ins Ohr flüsterte: „Was, wenn ich dir sage, dass sich in meinem Haus gerade ein Geist materialisiert?"

Drakes Augen funkelten neugierig. „Dann würde ich dich fragen, was du hier draußen zu suchen hast. Kann ich ihn sehen? Oder mit ihm sprechen?" Er sah aus wie ein Kind unterm Weihnachtsbaum.

„Ich glaube nicht, dass er schon etwas sagen kann, aber ich weiß, dass er da ist. Vorhin war er noch ziemlich schwach, aber er scheint stärker zu werden." Ich war stolz auf mich, kein Sterbenswörtchen über meine Katzen verloren zu haben.

Gerade, als ich fürchtete, er würde weitere Fragen stellen, die ich nicht beantworten konnte, drehte er sich auf dem Absatz um und marschierte in Richtung meines Hauses zurück. Anscheinend konnte er es nicht erwarten, den Geist mit eigenen Augen zu sehen.

„Das habe ich immer am meisten bereut, weißt du", sagte er, während ich mich bemühte, mit ihm Schritt zu halten. „Tatenlos im Auto sitzenzubleiben, anstatt zu versuchen, mit der Erscheinung zu kommunizieren."

„Aber du sagtest doch, ein anderer Wagen wäre

durch sie hindurchgefahren", erinnerte ich ihn und legte die Arme um mich selbst. Obwohl es überhaupt nicht kalt draußen war, brauchte ich diesen Trost, weil seine Geschichte mir eine Gänsehaut verursacht hatte.

Er nickte. „Ja, ein anderer Fahrer hat sie verjagt, aber zuvor ist sie einfach nur auf der Stelle geschwebt. Es schien, als würde sie auf etwas oder jemanden warten."

Langsam wurde es echt gruselig. Es war schon von Anfang an ein wenig unheimlich gewesen, aber je mehr Drake von seiner übernatürlichen Erfahrung preisgab, desto mehr sorgte ich mich darüber, wie sich meine Situation wohl entwickeln mochte.

Würde sich mein Hausgeist überhaupt vertreiben lassen? Und wenn ich zu radikal vorging, würden die Katzen und ich dann am Ende eine wichtige Nachricht aus dem Jenseits verpassen?

Wenn ich doch nur mehr wüsste …

9

ch führte Drake zurück zu meinem Haus und bat ihn herein, um sich meinen Baby-Geist anzusehen. Diesmal war mir wesentlich wohler bei dem Gedanken, ihn hereinzulassen. Er wusste, wie ich über unser Fake-Date dachte und hatte mir außerdem alles über seine übernatürliche Erfahrung anvertraut.

Natürlich hoffte ich, ihn loszuwerden, bevor die Katzen zurückkehrten. Ich könnte ihre stichelnden Kommentare nicht erneut ertragen.

„Und? Wo ist er?", fragte Drake erwartungsvoll und sah sich im Haus um, als könne er den Geist mit bloßem Auge erkennen.

„Ich weiß nicht, ob er sich schon ganz zeigt. Vermutlich ist seine Präsenz nachts am stärksten, aber die Sonne ist ja gerade erst untergegangen", erklärte ich, während ich an die Decke in der Ecke des Gangs zeigte, der zu meinem Schlafzimmer führte.

Drake marschierte geradewegs hinüber und streckte die Hände nach der Stelle aus.

„Was machst du da?", prustete ich und schlug mir mit der Hand vor die Stirn. „Willst du das Ding etwa abklatschen?"

Er drehte sich zu mir um, wirkte jedoch nicht verlegen, sondern vielmehr verspielt. „Ich will herausfinden, ob es hier eine zeitliche Anomalie gibt."

Ich schnaubte belustigt. „Und? Gibt es eine?"

„Na ja, mir ist gerade aufgefallen, dass ich ja keine Ahnung habe, wie sich eine anfühlt. Ich habe zwar mal einen Geist gesehen, aber das war eher ein unverhoffter Glücksfall." Er legte den Kopf schief. „Woher wusstest du überhaupt, dass er hier ist?"

Plötzlich schlug mir das Herz bis zum Hals. Ich hasste es zu lügen, aber wenn ich ihm die Wahrheit über Merlin verriet, würde ich für den Rest meines Lebens hinter magische Gitter wandern. Obwohl ich mich deswegen zum Flunkern gezwungen sah, hieß das nicht, dass ich gut darin war.

„Oh, äh, das liegt an meiner Intuition", stammelte

ich. „Manchmal kann ich Dinge hören, die niemand sonst wahrnimmt." Das stimmte ja auch irgendwie, wenn auch nur, weil die Katzen sich entschlossen hatten, mit mir zu reden anstatt mit jemand anderem.

Seine Augen wurden groß, als er mich von einer ganz neuen Seite zu betrachten schien. „Wow. Also hast du ihn tatsächlich gehört? Hat er etwas zu dir gesagt?"

Hastig schüttelte ich den Kopf. „Nein, es waren keine Worte, mehr so ein Geräusch, wie, äh ... Wellen, die leise gegen den Strand krachen."

„Wie kann man denn leise gegen etwas krachen?", schmunzelte er.

Ich wusste nicht, ob das eine rhetorische Frage war, also versuchte ich, mich zu erklären: „Das lässt sich schwer beschreiben. Es klingt ein wenig wie *wuschwuschwuschwusch*."

„Klingt eher wie die Laute, mit denen manche Leute ihre Katze rufen", merkte er an und lachte leise.

Ich grinste verlegen. „Haha, ja, irgendwie schon. Na ja, vielleicht schiebe ich ja auch ganz umsonst Panik. Immerhin klingt das alles total verrückt, was?"

Drake kam durch den Gang auf mich zu. „Als verrückt bezeichnen die Leute nur Dinge, die sie nicht verstehen können. Ich jedenfalls glaube dir, was deinen Geist angeht, und ich finde die ganze Sache echt cool."

„Danke", seufzte ich erleichtert auf.

Er hob die Hand und legte sie mir auf den Arm. „Und du bist auch echt cool, Gracie. Du bist anders als die anderen, vor allem in letzter Zeit. Ich muss sagen, das gefällt mir."

Ich musste schlucken. „D-danke."

Sein Blick wurde sanft und er ließ seine Finger an meinem Arm hinaufwandern. „Hör mal", murmelte er. „Ich weiß, dass ich dich mit diesem Date überrumpelt habe, und dass du zu nett warst, um abzusagen. Aber jetzt kannst du definitiv nein sagen, okay?"

Ich nickte, als seine Hand meine Schulter erreichte.

Er trat noch einen Schritt auf mich zu. „Darf ich dich küssen?"

Oh, wow. Wo kam das denn auf einmal her? „Nein!", rief ich aus, wahrscheinlich etwas zu heftig.

Drake nahm sofort die Hand von mir und wich einen Schritt zurück. Er lächelte zwar immer noch, aber es wirkte aufgesetzt.

„Tut mir leid", murmelte ich. „Es ist nur … bei mir ist gerade einfach so viel los und …"

Er hob eine Hand. „Ist schon okay. Ich hab's

kapiert. Eigentlich war mir schon klar, dass du nicht auf mich stehst, aber ich wollte eben sichergehen. Dann hau ich jetzt mal ab. Sag Bescheid, wenn du Hilfe mit deinem Geist brauchst oder vielleicht mal was unternehmen willst."

Damit schob er sich an mir vorbei und eilte zur Haustür.

„Drake, es tut mir wirklich leid!", rief ich aus und lief ihm hinterher. „Ich mag dich, und es war echt schön, heute Abend Zeit mit dir zu verbringen. Aber wir kennen uns einfach noch nicht gut genug. Und ich habe gerade wirklich viel um die Ohren. Das war nicht gelogen."

Er legte den Kopf schief. „Du musst dich vor mir nicht rechtfertigen. Ich bin nun mal gewöhnungsbedürftig."

„Hey, ich werde mich schon an dich gewöhnen, wenn wir ein wenig mehr Zeit miteinander verbringen", platzte ich unüberlegt heraus. Dabei fühlte ich mich doch gar nicht auf diese Weise zu ihm hingezogen und wusste nicht, ob ich es je tun würde.

Er hielt inne, die Hand auf dem Türknauf. „Heißt das, du könntest doch irgendwann scharf auf Vitamin D sein?"

Bei seinen Worten klappte mir die Kinnlade

herunter. Ich wollte etwas erwidern, brachte aber nur ein leicht angeekeltes Stöhnen heraus.

Drake riss die Augen auf. „Damit meinte ich mich! Nichts Unanständiges! Das D steht für Drake, mehr nicht!"

Ich nickte stumm, immer noch etwas benommen vor Schock.

„Okay, ich geh dann mal und springe von der nächsten Brücke", seufzte er und flüchtete durch die Tür.

Einen Moment lang stand ich wie angewurzelt da und überlegte, ob ich ihm nachlaufen sollte. Doch dann ...

10

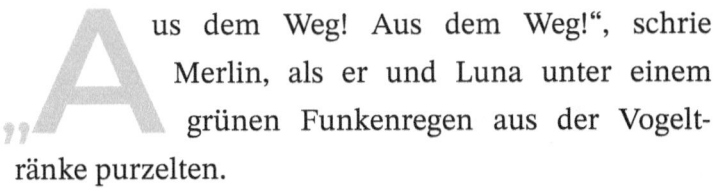

„Aus dem Weg! Aus dem Weg!", schrie Merlin, als er und Luna unter einem grünen Funkenregen aus der Vogeltränke purzelten.

„Seid still, sonst bemerkt euch noch jemand!", zischte ich von der Eingangstür aus. Nach einem schnellen Blick zur Straße hin war ich erleichtert, dass Drake bereits vor diesem Spektakel verschwunden war.

„Das war knapp", murmelte Merlin, als er und Luna an mir vorbei ins Haus flitzten.

Ich schloss die Tür hinter ihnen und verriegelte sie. Nur vorsichtshalber.

„Was ist denn passiert?", fragte ich, obwohl ich nicht sicher war, dass ich die Antwort wissen wollte.

Luna leckte über Merlins Stirn, woraufhin er sich merklich entspannte.

„Danke", schnurrte er, während beide mich weiterhin ignorierten.

Luna schmiegte sich an seine Seite. Die beiden hätte ich selbst mit einer Brechstange nicht mehr auseinanderbekommen. Und ich versuchte es auch erst gar nicht.

„Wir sind ein paar Bekannten aus Merlins Vergangenheit begegnet, und die waren nicht gerade begeistert, ihn zu sehen. Oder uns beide zusammen", erklärte Luna.

„Was haben sie denn getan?", fragte ich. Merlin war doch noch ein halbes Kätzchen! Erst vor Kurzem hatte er mich zu seiner Vertrauten gemacht und war somit ein vollwertiger Magier geworden. Wie konnte ein so junger Kater denn bereits so verbitterte Feinde haben?

„Sie haben ihn zu einem Duell herausgefordert ... woraufhin er dämlicherweise eingewilligt hat", berichtete Luna und sah Merlin durch zusammengekniffene Augen an.

„Was? Du hättest heute Abend sterben können?", quietschte ich gleichermaßen überrascht und verängstigt. „Was hast du dir nur dabei gedacht?"

„Gar nichts", antwortete Luna seufzend. „Aber du

darfst nicht vergessen, dass wir Katzen die Dinge anders regeln als ihr Menschen."

„Aber ihr meint doch die Art von Duell wie in Hamilton, oder? Mit Pistolen und allem drum und dran?" Unwillkürlich musste ich mir Merlin in historischer Kostümierung vorstellen, wie er einen anderen Kater in Kolonialtracht umkreiste, während sie sich gegenseitig ihr Leid klagten. Das klang nach einer Fernsehserie, die ich mir definitiv ansehen würde!

„Nein, keineswegs", erwiderte Luna und rümpfte die Nase, als hätte sie meine Gedanken gelesen.

„Wie denn dann?", fragte ich neugierig.

Endlich meldete Merlin sich zu Wort. Sein Schwanz zuckte leicht. „So schlimm war es gar nicht. Wir Katzen kämpfen mit dem, was uns zur Verfügung steht."

Er hob eine Pfote und fuhr die Krallen aus. „Sprich, mit einer Kombination aus Magie und guter, alter Rauferei."

Luna stupste ihn an, bis er die Krallen wieder einfuhr. „Gewöhnliche Katzen kämpfen mit den Krallen. Magische Katzen benutzen Phantomklauen."

Ich schüttelte verwirrt den Kopf. Was für eine seltsame Metapher.

„Wir zielen auf die Magie, die in unserem Gegner steckt", erklärte Merlin, wobei er die Ohren anlegte, erneut eine Pfote hob und in die Luft schlug. „Etwa so, nur, dass wir dabei keine äußeren Wunden verursachen oder den Stolz des anderen verletzen wollen. Wir greifen die Magie unseres Gegners an, bis einer nicht mehr genug übrig hat, um das Duell fortzuführen."

„Bis zum Tod?" Der Gedanke erschien mir barbarisch. Aber wenn Menschen sich auf diese Weise das Leben nehmen konnten, dann war es wohl unter anderen Arten ebenfalls nicht so ungewöhnlich. Auch wenn ich mir wünschte, dass sie es nicht täten.

Merlin erschauderte. „Nein, viel schlimmer. Der Verlierer muss fortan ohne Magie leben. Ein noch viel grausameres Schicksal als der ..."

„Ähäm!", räusperte ich mich laut, um ihn zu unterbrechen.

„Was ist denn?", fragte Merlin, bevor sein Blick auf Luna fiel und er beschämt den Kopf sinken ließ. „Oh, stimmt ja. Tut mir leid."

„Ich weiß ja, dass du es nicht so gemeint hast", erwiderte sie leise, obwohl seine Worte sie offensichtlich verletzt hatten. „Und ich weiß auch, dass du deine Zauberkräfte nicht leichtfertig aufs Spiel setzen würdest, wenn wir eine bedrohliche Existenz im Haus haben."

„Warum wollten diese anderen Katzen überhaupt mit dir kämpfen? Was immer du angestellt hast, *so* schlimm kann es ja wohl nicht gewesen sein." Merlin konnte zwar manchmal ziemlich sarkastisch und ungehobelt sein, aber im Großen und Ganzen war er doch ein guter Kerl. Er schien mir nicht von der schurkenhaften Sorte ... Na ja, bis auf die Sache, die er mit Luna abgezogen hatte. Okay, wenn ich näher darüber nachdachte, hatte er sich in seinem kurzen Leben doch tatsächlich schon mehrere Feinde gemacht. Vielleicht gehörte das einfach zur Magie dazu. Ich musste noch viel über diese seltsame Welt lernen.

Merlin fauchte ungehalten. „Bevor Luna meine Freundin wurde, war sie mit Tom zusammen."

„Tom?", wiederholte ich. „Tom, der Kater?"

„Ja, und als er sie ohne Magie sah, machte er mich dafür verantwortlich. Er wurde so wütend, dass er mich um ihrer Ehre willen zum Duell herausforderte."

„Das ist irgendwie total romantisch", merkte ich mit einem verklärten Grinsen an.

Luna schüttelte vehement den Kopf. „Niemand

muss sich für mich duellieren, weder Tom noch Merlin noch sonst irgendwer. Ich treffe meine eigenen Entscheidungen und trage meine eigenen Kämpfe aus, egal ob mit oder ohne Magie. Aber natürlich ließ Merlin sich auf das Duell ein, bevor ich ihm das sagen konnte."

Merlin nickte grimmig. „Doch nachdem mir Lunas Missfallen auffiel, blieb uns nichts anderes übrig, als zu fliehen und zu hoffen, dass wir das Portal erreichten, bevor Tom und seine Handlanger uns einholten."

„Bitte sagt mir, dass ihr wenigstens die Infos über den Geist erhalten habt, bevor dieses Chaos ausge-brochen ist", murmelte ich bestürzt.

„Selbstverständlich!", erwiderte Luna mit einem breiten Grinsen, das jedoch ebenso schnell wieder verschwand. „Allerdings wäre es besser, wenn Merlin sich erst einmal eine Weile nicht mehr in Nocturna blicken lässt."

„Aber ohne ihn können wir auch nicht hin."

„Ich weiß", sagte sie und peitschte trübselig mit dem Schwanz. „Also sollten wir Nocturna im Moment von unserer Ressourcenliste streichen."

Na toll. Unsere Verbindung zur magischen Welt war fürs Erste unterbrochen, und das ausgerechnet, während wir mit einem ziemlich realen, ziemlich dringlichen magischen Problem zu tun hatten.

Das würde die Sache bestimmt einfacher machen.

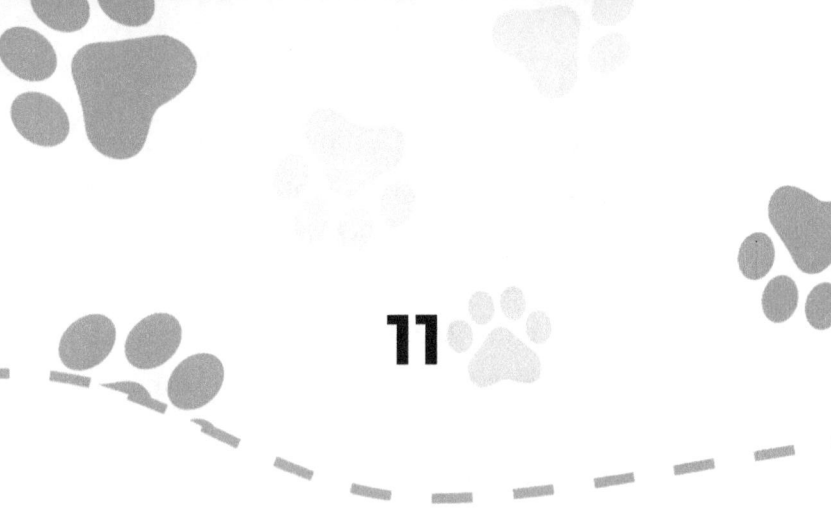

„ber du sagtest doch, ihr hättet bekommen, was wir brauchen", wiederholte ich und hoffte, dass das der Wahrheit entsprach. Ohne den Kontakt zu anderen magischen Wesen in Nocturna mussten wir uns dem ungebetenen Hausgast ganz alleine stellen.

„Entspann dich", schnaubte Merlin und starrte mich aus seinen riesigen, grünen Augen an. „Oder hast du etwa schon Regel Nummer eins vergessen?"

Nein, ich erinnerte mich noch genau daran: Ich musste Merlin bedingungslos vertrauen. Eine dämliche Regel, aber er bestand darauf.

Ich presste die Lippen zusammen und wartete, dass er mir mehr von dem Ausflug erzählte.

Sobald er sich sicher war, dass ich ihn nicht unterbrechen würde, fuhr er fort. „Wir sind in die Bibliothek gegangen und haben dort einen Zauberspruch gefunden, mit dem wir den Geist einfangen können."

Mir klappte buchstäblich die Kinnlade herunter. „Nocturna hat eine Bibliothek?", quietschte ich aufgeregt. Oh, wie gerne würde ich der jetzt einen Besuch abstatten!

„Ja. Was ist daran so toll?", fragte Merlin und peitschte ungehalten mit dem Schwanz.

„Nichts. Es ist nur, ich liebe Bücher und ..."

„Können wir uns vielleicht wieder auf das Wesentliche konzentrieren?", schnauzte er mich an. Offensichtlich war er immer noch aufgewühlt von dem Beinahe-Kampf mit Tom.

Luna warf mir einen versöhnlichen Blick zu. „Die Bibliothek ist wunderbar, aber leider für Katzen ausgelegt. Du würdest gar nicht durch die Tür passen, Gracie."

Und schon war dieser Traum wieder zunichte. Ich hatte nicht einmal Zeit gehabt, mir vorzustellen, wie ich unter Stapeln von magischen Büchern begraben würde. *Mist.*

Merlin legte sich hin und steckte die Pfoten unter die Brust. Anscheinend überließ er Luna nun das Reden.

Sie stand auf, streckte sich und reckte den

Schwanz in die Luft. „Wir haben also den Zauberspruch gefunden, den wir brauchen, und ich sollte alle nötigen Zutaten in meinem Garten haben. Da ich keine Magie mehr besitze, kann ich den Trank nicht selbst herstellen, aber ich kann Merlin dabei unterweisen. Oder auch dich."

Oh, richtig. Als Merlins Vertraute war ich das Medium für seine Magie, eine Art tragbares Ladegerät. Zwar konnte ich die Magie nicht selbst wirken, diente meinem flauschigen Befehlshaber aber als jederzeit verfügbarer Quell.

„Da gibt es nur ein Problem", erkannte ich plötzlich. „Dein Garten befindet sich auf Virginias altem Grundstück. Darauf können wir nicht zugreifen."

Sie grinste teuflisch. „Doch, denn er ist ja im Freien. Wir müssen einfach nur reinmarschieren und uns nehmen, was wir brauchen."

Ich schnitt eine Grimasse. „Fällt das nicht unter Diebstahl?"

Merlin lachte. „Nach allem, was wir durchgemacht haben, sorgst du dich wegen Diebstahls? Außerdem gehört der Garten ja Luna. Sie hat ihn bepflanzt, sich darum gekümmert. Wer hätte mehr Anspruch darauf als sie?"

„Zerbrich dir nicht zu sehr den Kopf darüber", sagte Luna beschwichtigend zu mir. Dann schmiegte sie sich wieder an Merlin. „Also, los. Wir müssen die Zutaten schnellstens besorgen, wenn wir unser Geisterproblem lösen wollen."

Ich seufzte. Sie hatte natürlich recht. Trotzdem fühlte ich mich nicht gut bei dem Gedanken, auf einem fremden Grundstück herumzuschleichen. Vor allem, wenn man bedachte, in was für Schwierigkeiten wir dadurch früher geraten waren!

Aber nun, da die Katzen es sich in den Kopf gesetzt hatten, konnte ich sie nicht mehr davon abbringen.

Seufzend ergab ich mich meinem Schicksal und legte eine Hand auf Merlins Rücken.

Er blinzelte zweimal, und schon wurden wir drei in Lunas ehemaligen Garten teleportiert.

Besser gesagt, landeten wir in der hintersten Ecke des Gartens unter einem großen Baum, der mir nur allzu bekannt vorkam. Mit einem Schaudern erinnerte ich mich an meine vorherigen Besuche hier. Keiner davon war besonders angenehm verlaufen. Beim ersten Mal waren Merlin und ich in das Haus eingebrochen, nur um dort von Luna, die damals noch unsere Gegnerin war, bedroht zu werden. Außerdem entführte sie mich und zwang mich, ihr bei einem Liebeszauber zu helfen, auch wenn ich zu dem Zeitpunkt nicht wusste, was er bewirkte. Die schrecklichste Erinnerung war jedoch die an den entscheidenden Kampf mit Virginia und der fiesen Illusionshexe, die hinter den finsteren Plänen steckte. Während der Konfrontation hatte sie den Baum, neben dem wir jetzt standen, entwurzelt und für sich kämpfen lassen.

Gruselig, gruselig, gruselig!

War es da ein Wunder, dass ich mich dagegen sträubte, mitten in der Nacht hierher zurückzukehren?

Etwas Rotes in meinem Augenwinkel erregte meine Aufmerksamkeit. Ruckartig drehte ich mich um, in der Erwartung, eine wahnsinnige Hexe auf mich zurennen zu sehen. Aber es war nur ein „ZU VERKAUFEN"-Schild, das sanft in der Brise hin und her schwang.

Luna stellte sich neben mich und sagte: „Virginia hatte keine Familie. Keine Angehörigen. Deshalb hatte ich sie auch als Vertraute gewählt. Es ist einfacher, mit jemandem zusammenzuarbeiten, der keine engen Beziehungen pflegt."

„Ist das der Grund, warum du mich gewählt hast?", wandte ich mich an Merlin. Ich fragte mich, ob ich mich beleidigt fühlen sollte. Wählten Katzenmagier gezielt Personen aus, die gesellschaftliche Außenseiter waren? Hielten meine Katzen mich etwa für eine einsame Versagerin, die niemand vermissen würde?

„Deshalb hatte ich ursprünglich deine Großmutter gewählt", erklärte Merlin, ohne mich anzusehen. „Du warst die logische Alternative, als sie wegzog."

Ich schnaubte irritiert. „Danke für die Erinnerung."

„Hey, ich bin glücklich mit meiner Wahl, egal, wie es dazu kam."

Das entlockte mir immerhin ein Lächeln. „Okay, also, wir sind hier, weil wir Zutaten brauchen, nicht wahr? Holen wir sie uns und verschwinden wieder. Auch wenn hier niemand mehr wohnt, fühle ich mich nicht wohl dabei, im Dunkeln herumzuschnüffeln."

„Dein Sinn für Moral ist manchmal echt fragwürdig", stellte Merlin fest, hob den Kopf und schnupperte in der Luft. „Aber wenn du meinst."

12

Luna führte uns um das Haus in den hinteren Teil des Gartens. Ich konnte zwar in der Dunkelheit nicht viel sehen, aber die Katzen pflückten eifrig Blumen und Kräuter und legten sie auf einen kleinen Haufen zu meinen Füßen.

„Habt ihr es bald?", fragte ich nach einigen Minuten.

In diesem Moment tauchte ein Flutlicht den Garten in blendendes Licht.

„Hallo!", rief jemand seitlich vom Haus, während eilige Schritte sich uns näherten. „Wer ist da?"

Ich erstarrte und hoffte nur, dass Merlin uns schnell wegteleportierte, bevor die Person uns erreichte.

Aber die Hoffnung war vergebens. Wahrscheinlich hatte er es nicht mal wirklich versucht.

„Gracie?", rief die Person überrascht aus. „Was tust du denn hier hinten?"

Langsam gewöhnten sich meine Augen an das grelle Licht, und die Silhouette vor mir nahm die Gestalt meiner Freundin und Chefin, Kelley Carmine, an.

„Hi", erwiderte ich und winkte ihr etwas unbehaglich zu.

„Was tust du hier?", fragte sie erneut und trat ein wenig näher, jetzt, da wir uns erkannt hatten.

„Ach, weißt du …", lachte ich, um meine Nervosität zu überspielen. „Ich mache nur einen kleinen Nachtspaziergang mit meinen Katzen."

Kelley legte den Kopf schief. „In meinem Garten?"

Ich trat einen Schritt zurück. „Dein Garten? Ich dachte, dieses Grundstück stünde zum Verkauf? Tut mir leid, ich wusste nicht …"

„Mach dir keinen Kopf", sagte Kelley und machte eine wegwerfende Handbewegung. „Es gehört noch nicht offiziell mir. Aber mein Angebot wurde heute akzeptiert, also sollte es nicht mehr lange dauern, bis ich den Vertrag unterschreibe."

„Wow, Kelley, das ist ja unglaublich! Glückwunsch!" Ich lächelte erleichtert. Es gefiel mir zwar nicht, heimlich auf dem Grundstück meiner Freundin herumzuschleichen, aber es war immerhin besser als von einem Fremden erwischt zu werden.

Kelley errötete leicht. „Ja, jetzt, da ich hier ein Geschäft leite, habe ich beschlossen, etwas sesshafter zu werden. Es fühlte sich nicht richtig an, in der Wohnung meines Vaters zu bleiben. Also habe ich ein wenig recherchiert und dieses hübsche Häuschen hier gefunden. Ich wollte gerade ein paar Dinge ausmessen, damit ich die Einrichtung planen kann."

„Du hast wirklich eine gute Wahl getroffen. Der Garten ist zauberhaft."

Wir beide betrachteten die Beete voller Kräuter und Blumen, die beinahe die Hälfte des Gartens einnahmen.

Kelley schüttelte den Kopf. „Findest du? Ich habe keine Ahnung, was das für Pflanzen sind. Eigentlich hatte ich überlegt, sie rauszureißen und stattdessen durch Tulpen zu ersetzen, meine Lieblingsblumen. Die sollen nämlich viel pflegeleichter sein als die meisten anderen Gewächse."

Luna japste schockiert und ließ sich aufs Gras plumpsen.

„Äh, geht es deiner Katze gut?"

„Oh, ja, mit Luna ist alles in Ordnung. Beiden

geht es ausgezeichnet. Tut mir leid, dass wir so uner-
wartet hier aufgetaucht sind. Die Katzen gehen hin,
wo sie wollen, und ich laufe einfach hinterher." Das
war die beste Ausrede, die mir einfiel, weil sie zumindest mehr oder weniger der Wahrheit entsprach.

„Ist schon in Ordnung. Wie gesagt, es gehört ja
noch nicht wirklich mir. Aber sobald alles unter Dach
und Fach ist, seid ihr drei natürlich jederzeit willkommen." Mit diesen Worten ergriff Kelley meine
Hand und zog mich in Richtung des Hauses. „Da du
schon mal hier bist, komm doch rein und sieh es dir
an! Kannst du das glauben, Gracie? Ich habe gerade
ein Haus gekauft! Oder jedenfalls so gut wie. Ein
Haus!"

Lachend begleitete ich sie zur Vordertür. Obwohl
es ein wenig merkwürdig war, dass sie ausgerechnet
dieses Haus gekauft hatte, überraschte es mich nicht,
dass sie bald ein Eigenheim besitzen würde. Ihr Vater
wäre sicher stolz auf sie gewesen.

Ich durfte mir nur keinesfalls anmerken lassen,
dass ich bereits in ihrem Haus gewesen war, sonst
müsste ich mir ein paar wirklich gute Lügen
ausdenken.

Kelley fummelte an dem Schließfach neben der
Tür herum, das der Makler angebracht hatte, und
holte einen Schlüssel heraus. „Du musst deine

Fantasie benutzen, okay? Die ehemalige Besitzerin hatte einen furchtbaren Geschmack, aber mein Makler hat mir versichert, dass alles ausgeräumt wird, bevor ich einziehe."

Ich nickte und lächelte, während sie den Schlüssel ins Schloss steckte und die Tür öffnete.

„Hier ist ja alles voller Blumenmuster!", rief ich aus, sobald sie das Licht eingeschaltet hatte. Natürlich war die Einrichtung bunt geblümt ... Immerhin hatte hier eine Gartenhexe mit ihrer Vertrauten gewohnt.

„Irgendwie traurig, nicht? Ich weiß nicht, wie die frühere Besitzerin gestorben ist, aber es gab niemanden, der dieses Haus oder ihren Besitz hätte erben können. In meiner Vorstellung war sie eine arme, alte Frau, die in dieser altmodischen Zeitkapsel festsaß und nur ein oder zwei Katzen als Gesellschaft hatte." Sie warf mir einen flüchtigen Blick zu und biss sich auf die Lippe. „Nichts für ungut."

Da hatte sie Virginia aber völlig falsch eingeschätzt.

„Nichts für ungut, was die Katzen angeht?", fragte ich und grinste schief.

„Nein, wegen deines Hauses. Ich wollte nicht andeuten, dass Retro nicht auch cool sein kann. Es ist nur ..." Sie ließ eine Hand über den Raum schweifen. „Hier ist wirklich *alles* voller Blumen."

Na toll, also verkörperte ich anscheinend das Klischee einer alten Dame.

„Mein Haus gehörte ursprünglich meiner Groß-mutter", erklärte ich ihr, während wir in die Küche gingen. „So viele schöne Erinnerungen hängen damit zusammen, dass ich es nicht übers Herz bringe, irgendetwas daran zu verändern."

Kelley runzelte bestürzt die Stirn. „Oh, das tut mir leid. Ich wusste nicht ... Mein Beileid!"

Ich musste lachen. „Nein, Oma Grace ist nicht tot. Sie ist nur nach Florida gezogen."

„Oh, na das freut mich zu hören." Sie zwinkerte mir zu und führte mich in das kleine, elegante Esszimmer. „Irgendwann lade ich dich und die anderen Leute vom Café zu einem richtig schicken Dinner ein."

„Klingt super!", bekräftigte ich.

„Ja, das wird toll", sagte sie mit verklärtem Blick, als könne sie sich den Abend bereits bildlich vorstellen.

Ich hingegen bekam die Erinnerung an Virginia und die schrecklichen Ereignisse, die sich hier zuge-tragen hatten, nicht aus dem Kopf.

Na ja, immerhin wusste ich, dass Virginia nun bei

mir herumspukte und Kelley daher wahrscheinlich in Ruhe lassen würde. So schwierig es auch sein mochte, mich selbst vor einem wütenden Geist zu schützen, wäre es doch viel komplizierter, einer Freundin dabei zu helfen, ohne die Existenz der magischen Welt preiszugeben.

13

Nachdem Kelley mir auch das Schlafzimmer gezeigt hatte, führte sie mich zurück in den Korridor und wandte sich mir mit besorgtem Blick zu. „Gracie, glaubst du, ich mute mir zu viel auf einmal zu? Mit dem Café und dem Haus? Immerhin bin ich erst knapp einen Monat hier und noch ziemlich aufgewühlt wegen der ganzen Sache mit meinem Vater und ...“

Ich legte ihr eine Hand auf die Schulter. „Kelley, ist schon gut. Es ist ziemlich viel Arbeit, aber du schaffst das. Du hast bei der Neugestaltung des Cafés bereits so viel erreicht, und du wirst sicher auch dieses Haus in etwas Großartiges verwandeln.“

Sie bedachte mich mit vor Tränen glänzenden Augen. „Glaubst du das wirklich?“

„Natürlich. Ich glaube an dich und werde dich immer unterstützen." Scheinbar war ich unbeabsichtigt zu Kelleys Mentorin geworden, nachdem ich ihr geholfen hatte, die Trauer um ihren Vater zu verarbeiten. Aber das war schon okay. Ich mochte sie wirklich gern und wollte nur, dass sie glücklich war. Außerdem hoffte ich, sie würde nie herausfinden, dass ich sie ursprünglich verdächtigte, ihren Vater ermordet zu haben. Mitterlweile wusste ich natürlich, dass sie keiner Fliege etwas zuleide tun könnte.

Kelley seufzte und umarmte mich fest. „Ich bin so froh, eine Freundin wie dich zu haben, Gracie. Es fühlt sich an, als läge ein Schraubstock um meine Brust, und mit jedem Tag, mit dem wir uns der Neueröffnung nähern, zieht er sich weiter zu. Ich bekomme jetzt schon kaum Luft, wie wird es da erst am großen Tag selbst sein? Ich habe Angst, dass ich ersticken werde."

Ich tätschelte ihr den Kopf wie man es bei einem aufgewühlten Kind tun würde. Und eigentlich war Kelley ja noch mehr Kind als Erwachsene. Mit ihren achtzehn Jahren hatte sie wirklich Einiges zu stemmen. So viel älter war ich zwar nun auch nicht, allerdings musste ich mich mit weitaus weniger Verantwortlichkeit herumschlagen als sie ... wenn man meinen magischen Kater mit einer scheinbar endlosen Armee an Feinden nicht dazu zählte.

„Das ist nur die Panik", sagte ich, als ich mich an die Worte meiner Großmutter erinnerte. „Jetzt erscheint es dir vielleicht schlimm, aber es kann auch echt gut sein."

Kelley trat einen Schritt zurück und musterte mich argwöhnisch. „Panik soll gut sein?"

„Es bedeutet, dass dir etwas wichtig ist. Das Leben ist so viel besser, wenn einem Dinge und Menschen wirklich am Herzen liegen. Du kannst diese Panik als Antrieb nehmen, dich von ihr motivieren lassen und sie nutzen, um deine Ziele zu erreichen. Dann schaffst du in null Komma nichts alles, was du dir vornimmst."

„Klingt, als würdest du aus Erfahrung sprechen", erwiderte sie mit einem gepressten Lächeln.

Ich nickte. „Aus der Erfahrung meiner Großmutter, zumindest."

„Ein guter Rat. Wusste sie auch etwas über die Liebe zu sagen?"

Meine Augen weiteten sich überrascht. „Liebe?"

Kelley wurde knallrot und senkte den Blick. „Ich bin nur ein wenig verknallt, und ich weiß ja, dass ich eigentlich gar keine Zeit für so etwas habe, aber jedes

Mal, wenn ich ihn im Café sehe ... Ups, jetzt habe ich mich verplappert!"

„Kelley!", stöhnte ich, griff nach ihrem Arm und zwang sie, mich anzusehen. „Bitte sag mir, dass es nicht Drake ist."

Sie zuckte verlegen mit den Achseln. „Ich weiß, ich weiß. Aber er ist einfach so cool und kümmert sich null darum, was andere von ihm denken. Ich wünschte, ich wäre so selbstbewusst wie er."

„Es ist okay, die Meinung anderer wichtig zu nehmen, vor allem, wenn es jemand ist, der dir etwas bedeutet. Das ist viel besser als Drakes Mir-doch-egal-Haltung."

„Ja, vielleicht, aber er ist auch ziemlich klug und kennt so viele beiläufige Fakten."

„Er weiß über alles ein bisschen Bescheid", erwiderte ich, als mir unser Gespräch von vorhin wieder einfiel.

„Genau!", rief Kelley begeistert. „Glaubst du, ich hätte eine Chance bei ihm?"

„Na ja, du bist seine Chefin. Ich bin mir ziemlich sicher, dass es da gewisse Vorschriften gibt."

Betrübt runzelte sie die Stirn. „Stimmt ja. Was habe ich mir nur dabei gedacht? Ach, egal, ich habe gerade sowieso keine Zeit für eine Beziehung."

„Hey, das kommt alles noch. Irgendwann wirst du

einen Mann finden und ihn glücklich machen. Sieh dich doch nur mal an, mit dem erfolgreichen Geschäft und dem eigenen Haus!" Es behagte mir zwar nicht, ihre Hoffnungen im Keim zu ersticken, aber ich wusste nun mal, dass Drake an jemand anderem interessiert war ... und zwar an mir. Wie sehr ich mir doch wünschte, dass dem nicht so wäre, vor allem jetzt, da ich von Kelleys Gefühlen erfahren hatte.

Sie lächelte. „Auch damit hast du recht. Jetzt sollte ich dich lieber zu deinen Katzen zurücklassen, bevor sie abhauen, was?"

Ach ja, richtig, die Katzen!

Ich umarmte sie noch einmal schnell. „Danke für die Tour. Es ist wirklich ein bezauberndes Haus. Herzlichen Glückwunsch, und wir sehen uns dann bei der Arbeit!"

Damit verabschiedete ich mich und eilte zurück in den Garten, wobei ich mir mit der Taschenlampenfunktion meines Handys den Weg beleuchtete. Ich fand meine Katzen vor dem alten Brunnen, der Luna früher als Zauberkessel gedient hatte.

Diese blickte völlig liebestrunken drein, während Merlin eher ungehalten wirkte. Hatte ich meine Haustiere etwa gerade beim Rumschmusen erwischt? *Das durfte doch nicht wahr sein!*

„Wenn ihr jetzt einen Wurf Kätzchen bekommt, müsst ihr euch selbst um sie kümmern!", rief ich grimmig.

„Ach, sei still", gab Merlin mürrisch zurück. „Es war ja wohl nicht unsere Schuld, dass du so ewig gebraucht hast. Irgendwie mussten wir uns doch die Zeit vertreiben. Also, wären wir jetzt endlich so weit, Eure Hoheit?"

Ich nickte nur einfältig.

„Dann komm her, damit ich uns nach Hause teleportieren kann", befahl er mir.

Ich zögerte. „Äh, nein, ist schon gut."

Luna trat einen Schritt auf mich zu. Ihre blauen Augen schimmerten rötlich im Licht meiner Taschenlampe. „Gracie, Liebes, keine Sorge. Wir haben uns doch nur gegenseitig geputzt."

Ja, geputzt. Von wegen.

Schließlich legte ich Merlin doch die Hand auf den Kopf, weil ich möglichst schnell aus dieser peinlichen Lage befreit werden wollte.

Er blinzelte zweimal, und schon waren wir wieder zu Hause.

14

„Wartet!", rief ich aus, kaum, dass meine Füße den Linoleumboden meiner Küche berührt hatten. „Wir haben die Zutaten für den Zauberspruch vergessen!"

„Darum haben wir uns längst gekümmert, während wir warten mussten", sagte Merlin und deutete mit dem Kopf in Richtung Küchentisch, auf dem verschiedene Pflanzen verstreut lagen.

„Wofür ist das?", fragte ich und hob einen nicht dazu passenden Gegenstand hoch ... eine Keramikfigur, die aussah wie ein Frosch mit weit geöffnetem Maul.

Luna lächelte wehmütig. „Die hat Virginia gehört. Sie stand draußen auf der Veranda. Darin hat sie immer ihren Ersatzschlüssel versteckt."

„So wie jeder andere in ganz Georgia", stichelte ich. Aber mal im Ernst, wozu hatte man überhaupt einen Ersatzschlüssel, wenn man ihn an einem so offensichtlichen Ort versteckte? „Warum hast du das mitgenommen? Vermisst du sie etwa, Luna?"

Meine sonst so sanftmütige Katze fauchte ungehalten. „Himmel, nein! Warum sollte ich dieses Monster vermissen? Wir brauchten nur etwas, das dem Geist zu Lebzeiten gehörte. Dadurch können wir sie beschwören und einfangen."

„Ach, weil wir sonst Gefahr liefen, einen der tausend anderen Geister zu schnappen, die hier herumschwirren?", entgegnete ich trocken.

Luna schüttelte angesichts meines schnippischen Tonfalls den Kopf. „Die Wirkung eines Zauberspruchs wird verstärkt, wenn man einen Gegenstand dazu benutzt, der der Zielperson gehört oder einmal gehört hat."

Oh, das wusste ich sogar. „Wie damals, als du Merlins Fell für den Liebeszauber verwendet hast?", fragte ich mit gehobenen Brauen.

Sie hüstelte verlegen. „Ja, genau so."

„Also ist jetzt alles vorbereitet? Können wir den Trank brauen?"

„Wenn du uns die Zutaten nach draußen trägst,

können wir sofort anfangen", erwiderte Luna, und ich machte mich gleich ans Werk.

Wieder einmal musste ich mich fragen, ob es so schlau war, einen Hexenkessel im Vordergarten stehen zu haben, aber immerhin war es schon ziemlich spät, daher würden wir hoffentlich keine schaulustigen Nachbarn anziehen.

Während die Katzen die Zutaten zusammenmischten, hielt ich den Blick auf die Straße gerichtet, für den Fall, dass ich Alarm schlagen musste.

Glücklicherweise dauerte es nur ein paar Minuten, bis sie mit ihrem Trank fertig waren.

„Gracie, komm her und nimm das bitte", rief Luna mir zu.

Mitten in der Vogeltränke saß der kleine Keramikfrosch, dessen Maul mit einer dunkelgrünen Flüssigkeit gefüllt war. Das Gebräu sah aus wie die ekelhaften Kreationen, die meine Mutter mit dem Entsafter herzustellen pflegte und anschließend versuchte, mir beim Frühstück vor der Schule aufzuzwängen.

Es war mir egal, wie viele Antioxidantien ihre Säfte enthielten, ich wollte nichts trinken, das aussah, als hätte man es vom Grund eines modrigen Sumpfes geschöpft ... und auch so roch.

Angewidert hob ich den Frosch, der den Trank enthielt, hoch und brachte ihn zurück ins Haus.

„Stell ihn hinten im Flur in der Ecke ab", wies Luna mich an. „Dort, wo wir gestern den Geist gespürt haben."

„Sag mir noch mal, was genau das bewirken soll?", bat ich, nachdem ich ihrer Anweisung gefolgt war.

„Der Zauber wird Virginia dabei helfen, sich schneller zu materialisieren, und dann wird er sie an Ort und Stelle festhalten, damit wir uns um sie kümmern können."

„Und was genau wollen wir mit ihr tun?"

„Ach, das überlegen wir uns, wenn es so weit ist", erklärte Merlin und streckte sich ausgiebig.

„Na wunderbar", murmelte ich, während ich die Näpfe meiner Haustiere mit Brekkis befüllte. „Gut zu wissen, dass wir alles in unserer Macht Stehende tun, um uns vor Unheil zu schützen. Also, wenn ihr mich sonst nicht mehr braucht, gehe ich jetzt ins Bett."

Die beiden Katzen stürzten sich auf ihr Futter, doch bevor Merlin es sich schmecken ließ, schweifte sein Blick hinüber zur Küchentheke und er runzelte die Stirn. „Luna, meine Liebste, haben wir eine Zutat für den Trank vergessen?"

Sie hielt inne und hob den Kopf. „Nein. Wir haben alles verwendet, was wir brauchten."

„Was ist dann das da?", fragte er und nickte hinüber zu der schwarzen Kaktus-Dahlie, die Drake mir geschenkt hatte, und die immer noch in dem halb befüllten Krug steckte.

Beide starrten erst die Blume an und dann mich.

„Gracie", säuselte Luna. „Die ist aber nicht aus meinem Garten. Gehört sie dir?"

Nein, nein, nein. Ich hatte gehofft, durch die Aufregungen des Abends hätten wir mein Fake-Date vielleicht völlig vergessen. Die beiden hatten mich bereits vor Drakes Besuch ausgiebig gepiesackt, und nun war ich zu erschöpft, um eine weitere Runde über mich ergehen zu lassen.

„Sie war ein Geschenk. Vergesst es einfach", erwiderte ich und verschränkte die Arme vor der Brust.

„Von deinem neuen Freund?", trällerte Luna, deren Schwanz amüsiert hin und her zuckte.

„Wie hieß er noch gleich?", fragte Merlin und kratzte sich mit der Hinterpfote am Ohr.

„Drake", antwortete Luna wie aus der Pistole geschossen.

„Er ist nicht mein Freund. Weit davon entfernt", presste ich durch zusammengebissene Zähne hervor.

„Aber er hat dir eine Blume mitgebracht",

beharrte Luna. „Gilt das unter Menschen nicht als romantische Geste?"

„Ja, na gut, er steht auf mich. Aber ich nicht auf ihn. Dafür findet meine andere Freundin ihn gut. Ach, vergesst es. Können wir diesen Kindergarten bitte einfach hinter uns lassen?"

„Was ist ein Kindergarten?", fragten die beiden wie aus einem Munde.

„Ein Ort, an dem menschliche Kinder bis zum Schulalter Zeit verbringen."

„Also, ich bin erst ein Jahr alt", erwiderte Merlin schulterzuckend.

„Ich auch", fügte Luna hinzu.

„Dann ist der Kindergarten ja wohl genau das Richtige für uns", sagte Merlin mit einem tückischen Grinsen. „Jetzt sag schon, hat Drakey dir einen Gute-Nacht-Kussi gegeben?"

„Ich gehe ins Bett!", rief ich, stampfte in mein Schlafzimmer und knallte zum zweiten Mal an diesem Tag die Tür hinter mir zu.

15

Am nächsten Morgen wurde ich von den hellen Sonnenstrahlen geweckt, die zwischen meiner Jalousie hindurchfielen. Wie ätzend. Ich sollte mir endlich mal verdunkelnde Vorhänge zulegen, wenn ich je wieder ausschlafen wollte.

Nach einem kurzen Stopp im Badezimmer schlurfte ich in die Küche und geradewegs auf meine geliebte Kaffeemaschine zu, schmiss eine Kapsel ein und wartete, bis der Kaffee fertig gebrüht war.

Meine morgendliche Koffeindosis war mittlerweile unabdingbar geworden, seit Harolds Kaffeehaus nur noch Pumpkin-Spice-Kreationen führte. Früher hatte ich diese limitierten Herbstgetränke wirklich geliebt, aber jetzt graute es mir davor, sie das ganze Jahr über im Sortiment zu wissen.

„Was machst du da?", fragte Merlin, der auf die Theke sprang und seinen Kopf gegen die Kaffemaschine rieb.

Ich schob ihn beiseite. „Lass das. Ich hasse es, Katzenhaare im Kaffee zu haben."

„Aber sie ist so warm und vibriert angenehm", schmollte er.

„Ach, übrigens, ich wollte noch sagen, dass mir das, was ich gestern Abend in Lunas Garten mitbekommen habe, ganz und gar nicht gefallen hat. Vielleicht ist es Zeit für einen Besuch beim Tierarzt." Ich war zwar noch nicht ganz wach, aber das Bild war mir seit gestern Abend nicht mehr aus dem Kopf gegangen. So etwas wollte ich nicht noch einmal erleben.

Merlin hatte sich heimlich wieder der Keurig-Maschine genähert und rieb erneut seinen Kopf dagegen. Dabei schnurrte er zufrieden. „Zum Tierarzt? Warum? Uns fehlt doch nichts. Ich meine, Luna hat zwar ihre Magie verloren, aber ansonsten geht es uns hervorragend."

„Es wäre unvernünftig, weitere Katzenbabys in die Welt zu setzen, wo die Tierheime doch sowieso schon überfüllt sind." Außerdem vermutete ich, dass meine Pflichten als Vertraute dann auch noch Kätzchensitten beinhalten würden. Mein Leben war wirklich schon verzwickt genug, ohne dass ich mich um noch mehr Tiere kümmern musste, vor allem kleine, schutzlose Tierbabys.

„Moment mal. Soll das etwa heißen …?" Merlin machte einen Buckel und fauchte empört. Er haute sogar mit seiner Pfote nach mir. „Du willst meine Weichteile malträtieren? Ich dachte immer, Geschichten von solch menschlicher Grausamkeit seien nur erfunden, Schauermärchen, um junge Hexen das Fürchten zu lehren! Aber du … meine eigene Vertraute? Bitte sag mir, dass das ein schlechter Scherz war!" Theatralisch ließ er sich auf die Seite fallen und strampelte mit den Beinen in der Luft herum. Anscheinend war das seine Version einer Panikattacke.

Ups. Ich vergaß immer wieder, wie unterschiedlich Menschen und Katzen gewisse Dinge betrachteten. In diesem Fall hätte ich es allerdings besser wissen müssen.

Der Kaffee war durch die Maschine gelaufen und ich fischte mit einem Löffel nach dem langen Katzenhaar, das in der dunklen Flüssigkeit schwamm. Mit dieser Unterhaltung hätte ich lieber warten sollen, bis ich den ersten Koffeinschub im Blut hatte.

Leider kam ich jetzt nicht mehr darum herum, das Thema fortzuführen. „Es ist nur ein winziger Eingriff, besonders bei Katern."

Merlin sprang wieder auf die Pfoten. Sein Fell sträubte sich vor Unmut. „Wenn es so eine Kleinigkeit ist, warum lässt du dich dann nicht operieren?"

„Bei Menschen ist das etwas anderes. Außerdem will ich eines Tages vielleicht Kinder haben."

Merlin ließ sich weder beschwichtigen noch überzeugen. „Ach, und du denkst nicht, dass Luna und ich unsere Liebe vielleicht auch an die nächste Generation weitergeben möchten? Außerdem bin ich der letzte Überlebende des ursprünglichen Merlin-Geschlechts, wie du weißt. Ich kann eine so wichtige, magische Blutlinie nicht einfach aussterben lassen."

„Aber was ist mit den Katzen im Tierheim, die ein Zuhause brauchen?", jammerte ich.

„Jetzt hör mal zu. Luna hat schon ihre Magie verloren. Nimm ihr nicht auch noch die Chance, Mutter zu werden."

Ich runzelte die Stirn und nahm einen vorsichtigen Schluck von meinem Kaffee ... und schluckte trotz aller Vorsicht ein Katzenhaar. *Igitt!*

Merlin seufzte. „Wieder einmal verwirrt mich dein Sinn für Moral. Aber gut, wenn die Katzen im Tierheim dir so wichtig sind, werden wir schon einen

Weg finden, ihnen zu helfen. In Nocturna ist genug Platz für alle. Wenn du sie hierher holst, kann ich sie hinüberschaffen."

„Versprochen?", fragte ich und trank noch einen Schluck.

„Wenn es nötig ist, um den Hausfrieden zu wahren und meine Weichteile zu beschützen, dann ja." Er näherte sich mir mit entspannter Haltung und ich tätschelte ihm sanft den Kopf.

„Danke. Aber wo wir schon einmal so offen darüber reden, finde ich, ihr solltet mit dem Kinderkriegen noch ein wenig warten."

„Warum? Wir sind bereits aneinander gebunden. Katzen brauchen kein offizielles Dokument, wir wissen auch so, was unsere Herzen wollen."

„Das mag ja sein, aber wir haben im Moment ganz schön viel um die Ohren, mit dem Geist und so. Und außerdem wissen wir doch beide, dass Dash früher oder später wieder auftauchen wird. Es scheint mir nicht die passende Zeit zu sein, um ein Kind – oder besser gesagt, einen ganzen Wurf – in die Welt zu bringen."

„Guter Punkt. Bist du jetzt fertig mit diesem merkwürdigen Gespräch? Ich habe nämlich die Schnauze voll davon."

Ich errötete leicht. „Ja, tut mir leid."

„Du hast dich bisher überhaupt nicht nach dem Geist erkundigt, sondern bist direkt auf meine Weichteile zu sprechen gekommen. Und das nach der ganzen Mühe gestern."

„Hast ja recht. Entschuldige. Können wir jetzt das Thema wechseln?"

Er zuckte mit den Schultern. „Du hast ja damit angefangen."

„Ich weiß ja, tut mir leid. Also, erzähl mir alles über den Geist", flehte ich geradezu.

Merlin räkelte sich ausgiebig, dann sprang er hinüber auf den Küchentisch und wartete, bis ich mich zu ihm gesellt hatte. „Also ...", begann er.

16

ch hasste es, wenn Merlin zu einer unnötig ausschweifenden Geschichte ansetzte. „Also, was? Haben wir unseren Geist geschnappt?", fiel ich ihm ungeduldig ins Wort. Plötzlich fiel mir etwas Seltsames auf. „Moment mal, wo ist eigentlich Luna?"

Die beiden verbrachten kaum eine Minute getrennt voneinander. Jeden Morgen, wenn ich aufwachte, klebten sie bereits aneinander und schwelgten in ihrer Verliebtheit.

Merlin schnüffelte kurz in der Luft, bevor er mir antwortete. „Sie macht einen Morgenspaziergang. Wollte ein wenig Zeit für sich haben. Vom Geruch her würde ich sagen, sie ist etwa zwei Straßen entfernt und bewegt sich auf uns zu."

Zeit für sich? Hmm. Gab es etwa Ärger im Paradies? Immerhin waren die beiden von einem Paar zu verbitterten Feinden und wieder zu einem Liebespaar übergegangen. Durch dieses ständige Hin und Her kamen sie mir vor wie die vierbeinige, pelzige Version von Ross und Rachel aus *Friends*.

Aber das behielt ich lieber für mich, nachdem unser Gespräch über Familienplanung eben alles andere als gut verlaufen war. Und außerdem hatte ich keine große Lust, hier die Psychologin zu spielen. Merlin und Luna waren sowieso viel erfahrener als ich, was die Liebe anging.

Während ich weiterhin beharrlich schwieg, fuhr Merlin fort, mir von dem Geist zu berichten. „Er ist nicht erschienen", sagte er und gähnte gelangweilt. „Luna und ich haben die ganze Nacht gewartet, aber der blöde Geist hat nicht einmal kurz vorbeigeschaut, um Hallo zu sagen."

Ich umklammerte meine Kaffeetasse mit beiden Händen und seufzte.

„Aber das ist doch gut, oder nicht? Wir wollen den Geist ja nicht wirklich hier haben."

„Da er schon einmal hier aufgetaucht ist, wird er garantiert irgendwann zurückkommen. So zieht sich die Sache nur unnötig in die Länge." Ungehalten ließ er seinen Schwanz durch die Luft schnellen.

„Vielleicht weiß Virginia mittlerweile, dass wir ihr eine Falle stellen wollen?" In dem Fall würde ich mich auch nicht blicken lassen.

„Vielleicht", antwortete Merlin nachdenklich. „So gut kenne ich mich in dieser Angelegenheit auch nicht aus. Allerdings würde ich vermuten, dass sie den Zaubertrank erst bemerkt, wenn sie sich materialisiert, und dann wäre es bereits zu spät." Damit hatte er natürlich recht. Es gab so Vieles, was wir über Geistererscheinungen nicht wussten, was die Sache nicht gerade vereinfachte.

Die Katzenklappe schlug geräuschvoll auf und zu, und Luna kam in die Küche getrottet.

„Wie war dein Spaziergang, meine Liebste?", fragte Merlin, sprang vom Tisch herunter und rieb sein Gesicht gegen ihres.

„Die frische Luft hat mir gut getan. Allerdings musste ich die ganze Zeit daran denken, dass Virginia gestern nicht erneut erschienen ist", antwortete die schneeweiße Katze.

Aha, also hatte das Ganze doch nichts mit Ärger im Paradies zu tun. Glücklicherweise hatte ich das Thema nicht weiter verfolgt. Ich musste mich in Zukunft wirklich aus der Beziehung meiner Haustiere heraushalten. Sie würden auch ohne mich zurechtkommen.

„Du musst aufhören, dir die Schuld an allem zu geben", sagte Merlin leise.

Dann sprangen die beiden auf den Tisch, um mich in das Gespräch miteinzubeziehen.

„Sag's ihm, Gracie", bettelte Luna. In ihren blauen Augen spiegelten sich tiefe Schuldgefühle wider. „Virginia war meine Vertraute. Ich habe sie ausgewählt, ohne zu bemerken, wie korrumpiert sie war. Es ist alles meine Schuld."

Ich streichelte ihr über den Rücken. „Merlin hat recht, du kannst nichts dafür. Guten Menschen – äh, Katzen – stoßen manchmal schlimme Dinge zu. So ist das Leben nun mal."

„Dann ist das Leben wirklich ätzend", schniefte sie.

„Ja, manchmal schon", stimmte ich zu. „Aber es gibt auch so viel, wofür du dankbar sein kannst. Heute Morgen erst hat Merlin ..." Abrupt hielt ich inne. Ich stand schon wieder im Begriff, mich in ihre Beziehung einzumischen. „Äh, hat er mir erzählt, wie glücklich er sich schätzen kann, dich zu haben."

Mein Maine Coon zwinkerte mir verschwörerisch zu, und Luna schien sich ein wenig zu entspannen.

„Hast du dir auf deinem Spaziergang Gedanken darüber gemacht, warum Virginia gestern Abend nicht zurückgekehrt ist?", hakte ich nach, als sich das

Schweigen in die Länge zog. Dass Katzen aber auch immer theatralische Pausen einlegen mussten. Außerdem verspürten sie kein Dringlichkeitsgefühl, sodass Unterhaltungen sich ewig hinziehen würden, wenn ich nicht ständig nachfragte.

„Vielleicht war es ja gar nicht Virginia", sagte Luna. „Vielleicht war der Geist gar nicht wegen uns hier, sondern wegen des Hauses."

„Interessante Theorie", erwiderte ich langsam, obwohl ich völlig anderer Meinung war.

„Wenn es Virginia ist, sind wir dank des Zaubertranks gewappnet, wenn nicht, besteht ja kein Grund zur Sorge", fasste Merlin zusammen.

„Das stimmt wohl", sagte ich und trank einen Schluck von meinem Kaffee. Entsetzt stellte ich fest, dass er mittlerweile lauwarm geworden war, also kippte ich den Rest schnell hinunter und erhob mich, um eine zweite Tasse zu machen.

„Können wir sonst noch etwas tun?", fragte ich, während ich meine Kapseln durchsah und mich für einen French Roast entschied.

„Nein, wir müssen einfach abwarten", erklärte Merlin gelangweilt. „Entweder kehrt der Geist zurück, sodass wir uns um das Problem kümmern können, oder er lässt sich nicht wieder blicken, womit die Sache erledigt wäre."

Luna und ich nickten, aber irgendwie bezweifelte ich, dass es so einfach werden würde.

Und Merlin glaubte sicher auch nicht daran.

17

Mehrere Tage vergingen, ohne dass unser geisterhafter Besucher sich erneut blicken ließ. So sehr ich Lunas Vermutung auch anzweifelte, musste ich doch zugeben, dass sich durchaus auch jemand anderes als Virginia hierher verirrt haben könnte. Sicherheitshalber rief ich Großmutter Grace an, um mich zu vergewissern, dass sie am Leben und wohlauf war. Sie hatte nicht viel Zeit für einen Plausch, da jeder Tag in ihrem Seniorenwohnsitz mit spannenden Aktivitäten gefüllt war, aber sie versicherte mir, dass es ihr gut ginge und sie mich bald besuchen würde.

Also verbrachte ich den Großteil der Zeit damit, im Café zu arbeiten und mich der Recherche für meine Masterarbeit zu widmen. Drake und ich unterhielten uns bei der Arbeit häufiger, aber ich bemühte mich, unsere Interaktionen platonisch zu halten, damit Kelley nicht eifersüchtig werden würde und Drake sich keine falschen Hoffnungen machte.

Er war zwar ein guter Kerl, aber ich hatte gerade einfach keine Zeit für eine Beziehung, während ich mich in meine Rolle als Vertraute eines Magiers einfand. Und wenn ich doch irgendwann wieder ernsthaft daten würde, dann brauchte ich jemanden, der konkretere Zukunftspläne hatte als Drake. Vor meinem geistigen Auge sah ich uns beide nämlich ziellos herumdümpeln, vom Taschengeld meiner Großmutter sowie seiner Eltern lebend, während wir bis zu unserem letzten Atemzug in Harolds Kaffeehaus arbeiteten. Diese Art von Leben wollte ich nicht … Ich verdiente etwas Besseres.

Kelley wäre jedoch ein perfekter Gegenpol für ihn. Falls Drake sich je darauf einließe, würden sie ein tolles Paar abgeben. Inzwischen begnügte ich mich damit, abzuwarten, wie sich die Dinge zwischen ihnen entwickelten.

Erfreut stellte ich fest, dass ich es mir erlauben konnte, derart trivialen Gedanken nachzuhängen. Mit jedem Tag, der verging, sorgte ich mich weniger um den Geist. Nachts schlief ich wieder besser. Tagsüber konnte ich mich den Menschen und

Katzen in meinem Leben widmen, neue Make-up-Techniken ausprobieren und mich einfach entspannen.

Es war herrlich.

Ein paar Tage später lag ich im Bett und träumte, dass ich einen lebenslangen Vorrat an Make-up von meinem tierversuchsfreien Lieblingsunternehmen gewonnen hatte, als plötzlich ...

Meeeeeeeeh!

MIAU! FAUCH!

Meeeeeeeeh!

Ruckartig fuhr ich im Bett hoch, während meine beiden Katzen laut und unablässig im Flur jaulten. Das konnte nur eines bedeuten: Unser Geist war zurückgekehrt. Gerade, als ich davon überzeugt war, dass wir uns die erste Erscheinung nur eingebildet hatten.

Hastig zog ich mir den Morgenmantel über, der an einem Haken hinter der Tür hing, und trat hinaus in den Gang. Merlin und Luna drehten gerade völlig durch.

Und das war keineswegs übertrieben.

Merlin stampfte auf eine Art und Weise mit den Hinterbeinen, die ich nur zu gut kannte ...

„Nein! Aufhören! Keine Blitzbeschwörungen im Haus!", schrie ich, aber es war bereits zu spät.

Ein knisternder Blitz schoss geradewegs durch das Dach und erhellte die verirrte Seele, die plötzlich in einem bläulichen Licht aufleuchtete. Jetzt konnte ich sie auch sehen.

Oh, Merlin. Anstatt sie zu zerstören, hatte er ihr nur noch mehr Macht verliehen.

Es gab einen heftigen Schlag, und dann wurde alles still und dunkel ... noch dunkler als zuvor.

„Merlin, du hast die Sicherungen durchbrennen lassen", rief ich, ohne die Augen von dem durchsichtigen, blauen Umriss abzuwenden, der ein paar Meter von mir entfernt schwebte.

Mit einem Mal begann es im Haus zu regnen.

„Merlin!", brüllte ich.

„Das war ich nicht!", rief er zurück.

Als ich nach oben sah, bemerkte ich, dass der Regen durch ein beachtliches Loch im Dach hereinfiel. Uff, die Reparatur würde bestimmt Einiges kosten. „Ich hoffe für dich, dass du das mit Magie reparieren kannst", murmelte ich.

„Darüber zerbrichst du dir den Kopf, wenn wir uns gerade hiermit herumschlagen?", jaulte Luna und gestikulierte wild in Richtung des Geists.

Dieser wurde durch die hektische Bewegung

aufgeschreckt und schwebte den Gang hinunter in die Küche.

„Warum hat euer Zauber ihn nicht eingefangen?", wollte ich wissen.

Meeeeeeeh!

MIAU! FAUCH!

Meeeeeeeh!

Das war nun nicht gerade die Antwort, die ich hören wollte, aber die beiden schienen angesichts der Situation lieber herumzuschreien anstatt etwas Produktives zu unternehmen.

Allerdings war ich bisher auch nicht viel hilfreicher gewesen.

Aber irgendjemand musste ja etwas tun, und allem Anschein nach war dieser Jemand ich.

Also marschierte ich entschlossen in die Küche und stolperte direkt gegen den Tisch. Aua!

Die einzige Lichtquelle war der Geist selbst, dank Merlins Blitzdebakel und der durchgebrannten Sicherung. Der pulsierende, blaue Umriss hatte nichts Menschliches an sich, aber was sollte es sonst sein?

„Hey, Virginia", rief ich ihm zu, wobei ich versuchte, das Zittern in meiner Stimme zu unterdrücken. „Warum bist du hier? Was willst du von uns?"

Der Geist schwebte auf mich zu, und ich musste mich wirklich beherrschen, um nicht laut schreiend aus dem Haus zu rennen. Ich konnte die Reaktion meiner Katzen wohl nicht länger verurteilen.

Langsam und schwerfällig näherte die Erscheinung sich mir. Ich hätte fliehen können, aber ich blieb wie angewurzelt stehen, unfähig, den Blick von ihr abzuwenden.

Wenige Augenblicke später kam der Geist vor mir zum Stehen.

Plötzlich sprach er in einem grässlichen, widerhallenden Krächzen, das mir einen Schauer über den Rücken jagte. „Wer ist Virginia?"

18

ngesichts des merkwürdigen Echos war es
schwer, etwas auszumachen, aber ich war
mir ziemlich sicher, dass der Geist männlich war.

„Wer bist du?", flüsterte ich. Ich konnte kaum glauben, dass ich tatsächlich mit einem Geist sprach. Das übertraf alles, was ich in den letzten Wochen erlebt hatte. Die Situation war echt schräg, aber nicht auf die gute Art. Wenigstens schien der Geist sanftmütig zu sein. Wäre es tatsächlich Virginia gewesen, hätte ich bestimmt nicht so viel Glück gehabt.

„Gracie?", fragte die Erscheinung und schwebte so dicht an mich heran, dass sie nur noch wenige Zentimeter von meinem Gesicht entfernt war.

„Äh, Geist?", antwortete ich dümmlich.

„Ich wollte nie ein Geist sein", stöhnte das seltsame Wesen, wobei das blaue Licht um es herum wellenförmig pulsierte. „Ich weiß nicht, warum ich hier bin, und warum ich ausgerechnet dich aufgesucht habe."

Plötzlich hörte ich etwas Vertrautes in der gespenstischen Stimme. Es war zwar nicht Virginia, dafür aber jemand anderes, den ich kannte ... den ich vor nicht allzu langer Zeit hatte sterben sehen.

„Harold?", fragte ich ungläubig. „Bist du das?"

„Ja, ich bin es", bestätigte der Geist. Wow, ich konnte kaum glauben, dass mein verstorbener Chef aus dem Jenseits zurückgekehrt war, um mir einen Besuch abzustatten. Er hatte mich nie leiden können ... und noch viel weniger gefiel es ihm, mich zu bezahlen, schon gar nicht den Betrag, den er mir für meine ganzen Überstunden eigentlich schuldete.

„Kein Wunder, dass der Zauber nicht gewirkt hat", murmelte ich und musste an den nutzlosen Frosch im Gang denken. „Der war für Virginia gedacht, und das bist definitiv nicht du."

„Wer ist Virginia?", fragte Harold erneut.

„Ach, vergiss es", wiegelte ich schnell ab. Ich wollte ihm wirklich nicht erklären müssen, dass Virginia seine wahre Mörderin war. Stattdessen schluckte ich schwer und fragte: „Warum bist du hier? Was willst du von mir, Harold?"

„Ich weiß es nicht", erwiderte er, und das blaue Licht pulsierte abermals. Ich fragte mich, ob die Farbe reiner Zufall war oder ob das Licht wie ein Stimmungsring funktionierte. Leuchteten böse Geister vielleicht rot? Magische grün? Ein interessanter Gedanke, aber im Moment sollte ich mich auf Wichtigeres konzentrieren.

„Hast du unerledigte Dinge, denen du nachgehen musst?", fragte ich und fuhr mir mit der Zunge über die ausgetrockneten Lippen.

„In dieser Gestalt kann ich mich nur schwer an irgendetwas Konkretes erinnern", erklärte er mit seiner krächzenden Stimme. „Gib mir einen Moment Zeit, dann versuche ich es."

Während ich wartete, bis Harold seine Gedanken gesammelt hatte, wagten sich meine Katzen langsam in die Küche und stellten sich neben mich.

„Was will es?", fragte Merlin und peitschte mit dem Schwanz gegen mein Bein.

„Ein sprechender Kater!", rief Harold entsetzt aus und wich zurück.

„Ja, er kann sprechen und du bist ein Geist. Was erscheint dir wohl furchteinflößender?", fragte ich und sah ihn ungläubig an. „Außerdem hast du doch eben im Gang schon mitbekommen, dass er sprechen kann. Er hat einen Blitz heraufbeschworen, weißt du noch?"

„Oh, ich glaube, daran erinnere ich mich." Der bläuliche Lichtfleck hüpfte wieder auf uns zu und kam dabei Luna gefährlich nahe. „Die da hat mich bedroht!", jammerte der Geist, als er die weiße Katze erkannte.

„Ich habe einen Namen. Er lautet Luna", fauchte sie und machte einen Buckel.

„Aaah! Eine sprechende Katze!", kreischte Harold und schwirrte panisch in der Küche herum.

Meine Güte, das würde eine lange Nacht werden.

Ich musste die Situation unbedingt unter Kontrolle bringen. „Harold, du bist aus einem bestimmten Grund hier. Ich weiß, dass du Gedächtnisprobleme hast, also werde ich dir einfach ein paar Fragen stellen, die dir auf die Sprünge helfen könnten. Okay?"

Er hüpfte auf und nieder, was ich als Zustimmung deutete.

„Geht es darum, herauszufinden, wie du gestorben bist?", fragte ich vorsichtig.

„Ich wurde vergiftet."

„Ja, ganz genau! Gut gemacht, Harold. Du wurdest vergiftet." Ups, meine Stimme klang ganz schrill und babyhaft. So hatte ich früher immer mit Merlin geredet, wobei ich zu diesem Zeitpunkt noch annahm, dass er ein ganz gewöhnlicher Flausch war … bis er mir plötzlich antwortete. Obwohl Harold harmlos wirkte, war an seiner Erscheinung jedoch nichts flauschig.

„Darüber musst du nicht so erfreut klingen", beschwerte er sich.

„Oh, ich bin keineswegs erfreut, glaube mir."

Verflixt. Es wäre wohl besser, ihm die ganze Wahrheit zu erzählen. Er würde sie in ein paar Minuten sowieso wieder vergessen. „Es tut mir leid. Du wurdest getötet, weil jemand mir Schaden zufügen wollte."

„Aber sie hat dich gerächt", fügte Merlin schnell hinzu und sprang auf den Tisch, um näher an den Geist heranzukommen. „Sie hat ihr Leben riskiert, um diejenigen zu bestrafen, die dich auf dem Gewissen haben."

„Mein Mörder ist also tot?", hakte Harold nach.

Ich zuckte ein wenig hilflos mit den Schultern. „Ja und nein. Die Drahtzieherin ist noch auf freiem Fuß, aber diejenige, die ihre Befehle ausgeführt hat, ist definitiv tot."

„Wer ist tot?", heulte er mit seiner hallenden Stimme.

„Vergiss es, ist nicht so wichtig." Schnell wechselte ich das Thema. „Hat dein Besuch etwas mit deiner Tochter zu tun? Kelley?"

„Meine Tochter", murmelte der Geist. Plötzlich leuchtete seine blaue Aura intensiv auf. „Kelley! Ja, genau, ich wollte mich bei dir dafür bedanken, dass du ihr geholfen hast."

Ich musste lächeln. Hätte Harold die Chance gehabt, wäre er bestimmt ein guter Vater gewesen. „Ist doch selbstverständlich. Immerhin ist sie meine Freundin."

„Aber du hast ihr deinen einzigen Wunsch geschenkt. Das hättest du nicht tun müssen."

Beinahe wäre mir die Kinnlade heruntergeklappt. „Du vergisst alle Nase lang, dass die Katzen sprechen können, aber du weißt immer noch, dass mein Kater einen Trank gebraut hat, den ich Kelley gegeben habe, damit sich ihr größter Wunsch erfüllt?"

Der blaue Blob vibrierte. „Erinnerungen sind ebenso unbeständig wie Geister. Sie kommen und gehen."

„Jedenfalls, gern geschehen. Kelley will dein Vermächtnis in Ehren halten. Du kannst wirklich stolz auf deine Tochter sein. Schade, dass du nicht mehr Zeit hattest, sie kennenzulernen."

Harolds Aura nahm eine dunkelblaue Farbe an. „Ja, das ist wirklich bedauerlich."

„Morgen ist die große Neueröffnung des Cafés. Sie hat den Namen beibehalten", informierte ich ihn. „Um dich zu ehren."

Seine Färbung erhellte sich wieder. „Würdest du ihr bitte ausrichten, dass ich stolz auf sie bin?"

Das war ja alles unglaublich rührend, aber langsam musste ich wieder ins Bett, da ich morgen eine doppelte Schicht arbeiten sollte. „Ich werde sehen, was sich machen lässt. Danke für deinen Besuch, Harold. War das alles?"

„Warte!", rief er und schwirrte eine Runde durch die Küche, bevor er abermals vor mir zum Stehen kam. „Ich soll dir eine Warnung aus dem Jenseits überbringen."

„Das hättest du ja vielleicht gleich zu Anfang erwähnen können", stichelte Merlin.

Ich bedeutete ihm zu schweigen und wandte mich dann mit ruhiger Stimme an Harold. „Wie lautet die Nachricht?"

In tiefem, klarem Tonfall verkündete er: „Die Samen, die bereits gesät wurden, werden bald gefährliche Früchte tragen."

Erschrocken schnappte ich nach Luft. „Aber was hat das zu bedeuten, Harold?"

Er drehte sich langsam um die eigene Achse, als würde er sich im Zimmer umsehen. „Was hat was zu bedeuten?"

„Die Warnung, die du mir gerade überbracht hast", hakte ich nach. Bitte, erinnere dich daran, bitte …

„Keine Ahnung, ich kann mich nicht erinnern", erwiderte er und sauste davon.

19

Am nächsten Morgen erwachte ich mit mörderischen Kopfschmerzen. Das ganze Debakel in der Küche hatte sich bis in die frühen Morgenstunden hingezogen, und danach war ich noch ewig wachgelegen und hatte über Harolds Warnung nachgedacht.

Die Samen, die bereits gesät wurden, werden bald gefährliche Früchte tragen.

Was hatte das zu bedeuten?

Vielleicht hielt Harold die Worte, die er möglicherweise kurz vor seinem Tod in einem Film gesehen hatte, plötzlich für eine echte Erinnerung. Die Prophezeiung klang jedenfalls so, als sei sie einem abgedrehten Fantasy-Film entsprungen.

Je mehr ich darüber nachdachte, desto verwirrter

wurde ich. Mir blieb wohl nichts anderes übrig, als abzuwarten, was als Nächstes passieren würde, so wenig es mir auch gefiel.

Aber ich hatte heute einfach zu viel zu tun.

Die Neueröffnung des Cafés stand an. Kelley hatte sich wirklich alle Mühe gegeben, das Menü zu überarbeiten und die Angestellten schnellstmöglich zu schulen. Jetzt war ihr großer Moment als neue Geschäftsführerin gekommen.

Da der Tag dank meines übertragenen Wunsches sicher erfolgreich und hektisch verlaufen würde, brauchte sie alle Hilfe, die sie kriegen konnte.

Auf mein Drängen hin hatte Kelley daher alle verfügbaren Arbeitskräfte zu einer Doppelschicht eingeteilt, einschließlich mir.

Als ich am Kaffeehaus eintraf, stach sie mir gleich ins Auge mit dem weißen Fünfziger-Jahre-Kleid, das mit einem Muster aus kleinen Kürbissen und Füllhörnern bedruckt war. Sie rannte mir breit grinsend entgegen. „Gracie, hi! Bist du bereit für den großen Tag?"

„Für *deinen* großen Tag", korrigierte ich lächelnd. „Und ja, mehr als bereit." Ich zog es vor, nicht zu erwähnen, dass ich die Nacht zuvor kaum geschlafen hatte, weil mein Leben zu einer gespenstischen Seifenoper geworden war.

Sie nickte, und ihre großen Ohrringe in der Form von geschnitzten Kürbisgesichtern wackelten hin und her. „Ach, es gibt übrigens gute Neuigkeiten: Die neuen Uniformen sind gestern angekommen. Hol dir ein Hemd aus dem Büro und zieh dich am besten gleich um."

O nein. Harold hatte uns erlaubt, unsere normale Kleidung zu tragen, da er für einheitliche Uniformen zu geizig gewesen war, aber Kelley hatte spezielle Shirts anfertigen lassen, deren Design sich jeden Monat ändern sollte.

Ich wühlte durch den Karton, bis ich ein Shirt in meiner Größe fand, und zog es mir über das Hemd, das ich bereits trug. Auf der Vorderseite stand in Großbuchstaben: „#I ♥ PUMPKIN-SPICE", der neue Hashtag, den Kelley auf unseren Social-Media-Seiten einführen wollte. Auf der Rückseite stand: „Frag mich nach meinem Pumpkin-Spice-Lieblingsgetränk!"

Himmel, hilf.

Als ich zurück in den Verkaufsraum kam, stand Kelley neben dem Milchaufschäumer und starrte an die Wand. Beim Näherkommen bemerkte ich, dass sie ein gerahmtes Foto betrachtete, das während meiner letzten Schicht vor zwei Tagen noch nicht dagewesen war.

Es war dasselbe Bild, das bei der Beerdigung neben Harolds Sarg gestanden hatte, eine Nahaufnahme seines rundlichen Gesichts, auf dem man deutlich seine schmalen Augen und die Stirnglatze erkannte. Kelley konnte sich glücklich schätzen, dass sie das gute Aussehen ihrer Mutter geerbt hatte.

„Glaubst du, er wäre stolz auf mich?", flüsterte sie, als ich neben sie trat.

„Da bin ich mir ganz sicher", sagte ich und drückte ihr aufmunternd die Schulter.

Kelley wandte sich in meine Richtung, ohne mich jedoch anzuschauen. „Wirklich?", murmelte sie. „Denkst du nicht, ich übertreibe ein wenig mit der Pumpkin-Spice-Masche?"

„Die Leute werden voll darauf abfahren, du wirst schon sehen."

Jetzt sah sie mich an, und in ihrem Blick lagen all ihre Ängste und Hoffnungen. Dieser Tag war so viel mehr als nur eine Neueröffnung für sie. Es war ihre Art, eine Verbindung zu dem Vater herzustellen, den sie kaum gekannt hatte. „Wie kannst du dir da so sicher sein?"

„Ich weiß es einfach", bekräftigte ich. „Hey, wollen wir uns einen Shot von dem Pumpkin-Spice-Espresso gönnen, damit wir so richtig wach werden?"

„Gute Idee", rief sie erfreut und eilte zu der hochmodernen Espressomaschine hinüber. „Kommt alle mal her", wandte sie sich an die Angestellten, während sie den Espresso durchlaufen ließ.

Die drei neuen Aushilfen waren bereits eingetroffen. In der letzten Woche war ich so mit meinen magischen Problemen beschäftigt gewesen, dass ich mir nicht die Mühe gemacht hatte, sie außerhalb Kelleys erzwungener Team-Building-Aktivitäten näher kennenzulernen. Jetzt, da der Geist sich als Harold herausgestellt hatte, konnte ich mich wieder ein wenig entspannen und vielleicht sogar neue Freundschaften schließen.

Während Kelley den letzten Shot in einen kleinen Pappbecher füllte, stolperte Drake durch die Eingangstür. „Tut mir leid, dass ich zu spät bin!"

„Eigentlich bist du fünf Minuten zu früh dran", erwiderte Kelley und reichte ihm einen Becher.

Drake nickte in Richtung Tür. „Soll ich noch mal rausgehen und später wiederkommen?"

„Ach, hör doch auf", kicherte Kelley und schubste ihn spielerisch gegen die Brust. Zu meinem Unglauben errötete der sonst so gleichgültige, sarkastische Drake bis unter die Haarwurzel. Vielleicht gab es ja doch noch Hoffnung für die beiden.

„Einen Toast!", rief ich und hob meinen Becher.

„Auf Harolds Kaffeehaus. Möge sein Vermächtnis noch lange bestehen!", verkündete Kelley.

„Auf Kelley. Möge sie noch lange ein Auge zudrücken, wenn ich zu spät komme!", fügte Drake hinzu.

„Auf alle Pumpkin-Spice-Kreationen der Welt!", rief ich.

Die neuen Aushilfen quittierten unsere Toasts mit Ausrufen wie „Prost!" und „Hört, hört!"

Dann kippten wir alle gleichzeitig unsere Espresso-Shots hinunter.

„Aua, heiß, heiß, heiß!", jammerte ich.

„Das hat mir direkt die Nebenhöhlen freigepustet!", stöhnte Drake.

Die anderen lachten nur ausgelassen.

Ja, wir waren bereit, das Ding in Gang zu bringen.

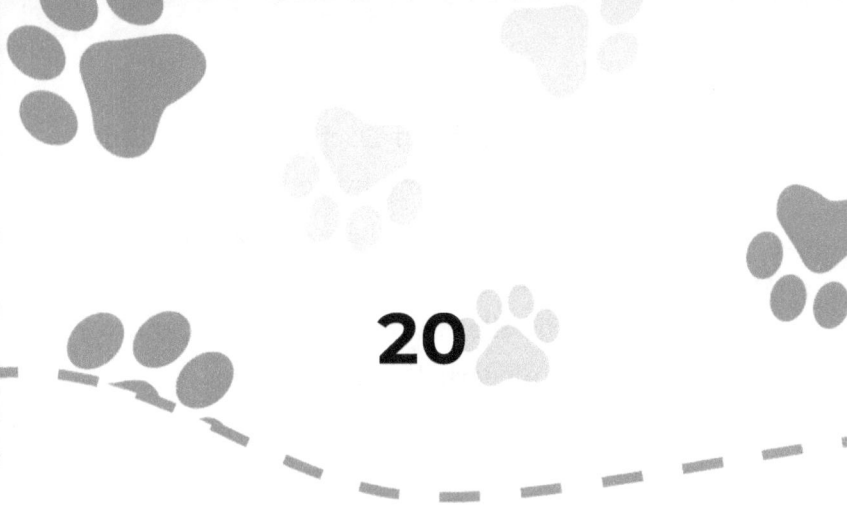

20

Nach meiner Doppelschicht schleppte ich mich nach Hause, wobei mir noch immer der Geruch von Zimt, Muskat und Ingwer anhaftete. Doch so sehr meine Füße auch schmerzten, ich könnte nicht glücklicher sein. Kelley hatte sich wirklich mächtig ins Zeug gelegt und ihr Strahlen nach einem erfolgreichen Tag war jede Mühe wert gewesen.

Aber nun wollte ich mich einfach nur noch entspannen.

Gott sei Dank hatte der Kurzschluss gestern keinen größeren Schaden verursacht. Nach einem Blick auf meinen Sicherungskasten stellte ich fest, dass einfach nur die Hauptsicherung herausgesprungen war. Das Loch im Dach würde allerdings weitaus kostspieligere Reparaturen erfordern.

Ich versuchte, mir darüber nicht allzu viele Gedanken zu machen, während ich ein Tiefkühlgericht in der Mikrowelle erwärmte und mich dann vor dem Fernseher niederließ. Nach einem anstrengenden Tag wie diesem wollte ich mich einfach nur von sinnlosem Reality-TV berieseln lassen. Also wählte ich eine Netflix-Serie, in der sich Menschen miteinander verlobten, obwohl sie einander noch nie persönlich begegnet waren. Das versprach unterhaltsam zu werden.

Und tatsächlich zog mich die erste Folge direkt in ihren Bann, sodass ich beinahe das Bimmeln der Mikrowelle überhörte, die mir signalisierte, dass meine Tiefkühl-Käse-Makkaroni fertig waren.

Mit dem Blick auf dem Bildschirm klebend, machte ich mich auf den Weg in die Küche, wobei ich dank meiner Unachtsamkeit über eine der Katzen stolperte.

Luna maunzte kläglich und verzog sich auf der Stelle in mein Schlafzimmer.

„Was fällt dir ein?", schnauzte Merlin, der sofort angerannt kam.

„Tut mir leid, Luna, das war keine Absicht!", rief ich dem weißen Fellknäuel hinterher.

Dann wandte ich mich Merlin zu. „Du hast dich hier nicht zu beschweren! Immerhin warst du derjenige, der mir gestern das Dach zerstört hat. Ich habe vorhin die Handwerker angerufen, um einen Kostenvoranschlag einzuholen, und die Summe ist höher als ein ganzes Monatsgehalt! Hoffentlich hast du jetzt endlich geschnallt, dass du im Haus keine Naturgewalten heraufbeschwören sollst."

„Du sollst keine Familie gründen. Du sollst keine Blitze beschwören", äffte Merlin mich nach. „Es gibt zu viele Regeln!"

Ich schnaubte ungehalten. „Die sind alle sinnvoll."

„Du scheinst zu vergessen, wer hier das Sagen hat. Ich bin der Zauberer!"

„Und mir gehört das Haus", knurrte ich. Mir fehlte wirklich die nötige Energie, um mich damit heute Abend noch herumzuschlagen. „Außerdem bezahle ich alle Rechnungen. Und ich bin fix und fertig von der Arbeit, also geh mir nicht auf den Keks."

„Hast du ein Glück, dass du keine Katze bist, sonst würde ich dich hier und jetzt zum Duell herausfordern." Wütend stampfte er mit seiner kleinen Pfote auf, was nicht sonderlich bedrohlich auf mich wirkte.

„Merlin! Gracie! Das reicht jetzt", rief Luna.

Mit grimmiger Miene wandten wir uns zu ihr um.

„Es war doch nur ein Versehen. Mir geht es gut." Während sie auf uns zukam, bemerkte ich, dass sie sich ein wenig anders bewegte als sonst. O nein, hoffentlich hatte ich sie nicht unabsichtlich verletzt! „Ihr beide seid in letzter Zeit viel zu angespannt. Denkt dran, wir sind alle auf der gleichen Seite."

Merlin stöhnte genervt. „Aber sie ..."

„Nichts aber. Wir alle haben ziemlich viel durchgemacht und dürfen uns jetzt nicht gegenseitig an die Gurgel gehen. Ich verstehe ja, dass ihr gestresst seid. Am besten haltet ihr ein wenig Abstand voneinander, bis sich die Gemüter wieder beruhigt haben."

„Es tut mir echt leid, Luna. Du hast ja recht. Ich bin einfach nur so angespannt wegen des Geistes und dieser merkwürdigen Warnung, und wegen des Loches im Dach und ..."

„Ich weiß, Gracie. Wenn ich könnte, würde ich das Loch für dich reparieren, aber leider besitze ich keine magischen Kräfte mehr. Wie dem auch sei, Merlin wird so bald wie möglich nach Nocturna reisen und eine Gartenhexe suchen, die uns bei der Reparatur helfen kann."

„Aber was ist mit Tom dem Kater?", warf Merlin

ein. „Wenn er mich sieht, wird er mich nur wieder herausfordern. Ich könnte sterben, Luna. Sterben!"

„Dann musst du dich eben unauffällig verhalten", sagte sie beschwichtigend. „Und jetzt vertragt euch bitte wieder."

„Entschuldige, Merlin", murmelte ich und senkte den Blick. Luna beherrschte die Enttäuschte-Eltern-Masche echt gut. Wenn Merlin und sie so weit waren, würde sie eine tolle Mutter abgeben.

Sie tapste auf Merlin zu und stupste ihn an. „Und jetzt du."

„Tut mir leid, Gracie", murmelte er, wobei er jedoch die Augen verdrehte.

Luna nickte zufrieden und ignorierte sein Augenrollen geflissentlich. „So, warum widmest du dich nicht wieder deiner Serie, Gracie? Merlin, wollen wir nicht ausgehen? Es könnte unsere letzte Chance sein, bevor die Kinder geboren werden."

„Wie bitte?", brüllte ich.

„Lauf, Liebste, lauf!", rief Merlin, während die beiden in Richtung Katzenklappe flüchteten.

Na super, noch ein Riesenproblem, über das ich mir Gedanken machen musste. Ich sollte endlich die Hoffnung aufgeben, dass mein Leben irgendwann wieder ganz normal verlaufen würde. Chaos gehörte mitterlweile zum Alltag. Und bald auch noch ein Wurf Kätzchen!

Aber für heute flüchtete ich mich in eine völlig abgedrehte Reality-Serie und versuchte, meine faden Mikrowellennudeln zu genießen.

Ich schaffte es nicht einmal bis zum Ende der ersten Episode, bevor ich auf der Couch eindöste.

21

Ein paar Stunden später erwachte ich und wusste erst nicht, wo ich war. Dann fiel mein Blick auf den abgedunkelten Fernsehbildschirm, auf dem stand: *Schauen Sie noch Netflix?*

Ich schaltete den Fernseher aus, richtete mich auf und streckte mich ausgiebig. Eigentlich sollte ich ins Bett gehen, aber ich war so müde.

Gerade als ich aufstehen wollte, hörte ich ein merkwürdiges Scharren von der anderen Seite des Wohnzimmers her. *Was zum Geier?*

Auf Zehenspitzen schlich ich mich hinüber, um der Sache auf den Grund zu gehen, und bemerkte die Silhouette einer Katze im Fenster. Das war mein Kater!

„Merlin, was machst du denn da draußen?", rief ich und beeilte mich, das Fenster zu öffnen.

Aber noch bevor ich es erreicht hatte, schoss ein grüner Lichtfleck aus der Wand und versperrte mir den Weg.

„Harold?", quietschte ich, obwohl kein Zweifel daran bestand, wer die Gestalt vor mir war.

„So sieht man sich wieder", sagte Virginia gedehnt. Im Gegensatz zu Harold war sie viel mehr als nur ein undeutlicher Umriss. Ihr Gesicht war deutlich sichtbar und sah noch genauso aus wie zu Lebzeiten ... nur eben grün und halb durchsichtig. Allerdings fehlte der Großteil ihres Körpers, der knapp unter den Achseln endete, wodurch sie eher wie eine schwebende Büste wirkte.

Mit gefletschten Zähnen stürzte sie sich auf mich.

Ich schaffte es gerade noch, ihr auszuweichen. „Verschwinde, lass uns in Ruhe!", schrie ich und rannte hinaus auf den Gang.

Wie eine fiese Hexe kichernd, folgte Virginia mir. Vielleicht war sie jetzt ja tatsächlich eine Hexe. Immerhin leuchtete sie in einem magischen Grün, was für mich doppelt ungünstig wäre. Ich besaß weder Zauberkräfte noch wusste ich, wie man einen Geist töten sollte. *Na großartig.*

Verzweifelt suchte ich eine Ecke des Korridors ab, bis ich den kleinen Keramikfrosch mit dem Zauber-trank fand. Sobald ich ihn zu fassen bekam, wirbelte ich herum und streckte ihn Virginia entgegen.

„Nimm das!", rief ich, stolz, trotz meiner Erschöpfung so geistesgegenwärtig zu sein.

„Was machst du da mit meinem Frosch?", kicherte Virginia hämisch. „Warum fuchtelst du damit herum, als sei er eine Waffe?"

Ich baute mich breitbeinig vor ihr auf. „Hiermit fessle ich dich, Geist!"

„Halt den Mund", bellte Virginia so laut, dass es durch das ganze Haus hallte.

Abermals schwang ich den Frosch in ihre Rich-tung, aber diesmal flog er mir aus den Händen und krachte gegen die Wand. Als ich etwas sagen wollte, stellte ich fest, dass mein Mund wie zugeklebt war.

„So ist es besser", nickte Virginia zufrieden. „Schluss mit dem Theater. Ich bin gekommen, um dich zu töten. Das ist alles. Du sollst dafür bezahlen, was dein Kater und du mir angetan habt. Tot besitze ich mehr Magie als zu Lebzeiten, daher kann ich mich endlich an dir rächen. Hast du noch ein paar letzte Worte, die du loswerden möchtest?"

Ihr Kopf kreiste einmal in der Luft herum und der magische Knebel um meinen Mund löste sich.

Ich schnappte nach Luft, bevor ich laut losbrüllte: „Wo sind meine Katzen?"

Ihre grüne Aura pulsierte in offensichtlicher Enttäuschung. „Was für eine Verschwendung. Aber wenn du es unbedingt wissen willst, ich habe das Haus magisch abgeriegelt. Sie können nicht hinein und du nicht hinaus. Du bist mir schutzlos ausgeliefert. Erst erledige ich dich und dann die beiden. Das war wirklich schon fast zu einfach."

„Aber du besitzt gar keine Zauberkräfte. W-wie ist das möglich?", stotterte ich. Wenn ich sie ins Gespräch verwickelte, könnte ich mir vielleicht ein wenig Zeit verschaffen.

Virginia war so eingebildet, dass sie mir gewiss erst beweisen wollte, wie genial sie war, bevor sie mich tötete. Ganz wie eine Filmschurkin, die stundenlang über ihre fiesen Pläne quatschte, bevor sie sie in die Tat umsetzte.

„Oh, mit den richtigen Freunden ist alles möglich. Luna war eine Dilettantin, eine Versagerin! Aber meine neue Meisterin schätzt meine Fähigkeiten." Sie führte sich wirklich auf wie eine klischeehafte Schurkin. Es war fast schon ein wenig peinlich. Aber trotzdem war mir ziemlich angst und bange. Soweit ich das beurteilen konnte, war Virginia gewissenlos und würde bestimmt nicht zögern, mir den Garaus zu machen.

Obwohl ich ein Zittern nicht unterdrücken konnte, verdrehte ich genervt die Augen. „Meinst du etwa Dash? Arbeitest du wirklich immer noch für sie, nachdem du beim letzten Mal buchstäblich draufgegangen bist?"

„Ich weiß, was du vorhast, aber darauf falle ich nicht herein", zischte Virginia und ihre grüne Aura leuchtete intensiver auf.

„Interessante Wortwahl. Hereinfallen. Bist du beim ersten Mal nicht durch einen Sturz in den Brunnen gestorben? Ich bin gespannt, wie du diesmal verendest." Am liebsten würde ich die Arme vor der Brust verschränken, aber ich hielt sie weiterhin in Angriffsstellung, falls Virginia sich erneut auf mich stürzte.

„In dieser Gestalt bin ich unsterblich!", dröhnte sie triumphierend. „Du wirst die Einzige sein, die heute Nacht stirbt. Und deine kleinen Haustierchen natürlich." Mit diesen Worten sauste sie auf mich zu und biss mich in die Schulter.

Au, au, au! Das tat verdammt weh! Viel mehr, als ein gewöhnlicher Biss eigentlich schmerzen sollte. Irgendwie wurde mir klar, dass sie mich mit ihrer Magie infiziert hatte.

Aber was für eine Art von Magie war das?

Und was würde sie bewirken?

Ich schwankte leicht. Nein, ich durfte sie nicht davonkommen lassen.

Zumindest nicht kampflos.

Plötzlich wurde mir schwindlig.

„Was hast du mit mir gemacht?", krächzte ich.

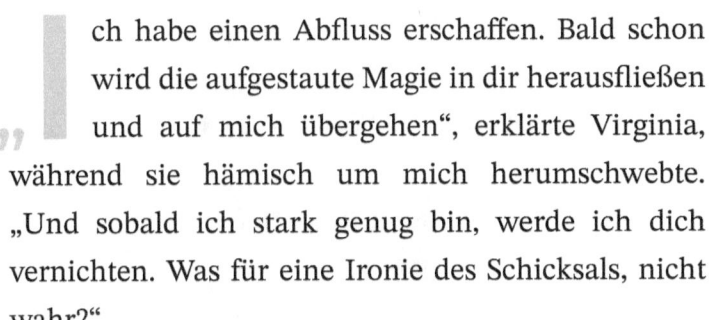

ch habe einen Abfluss erschaffen. Bald schon wird die aufgestaute Magie in dir herausfließen und auf mich übergehen", erklärte Virginia, während sie hämisch um mich herumschwebte. „Und sobald ich stark genug bin, werde ich dich vernichten. Was für eine Ironie des Schicksals, nicht wahr?"

Virginia war so eine eingebildete Pute! Aber leider musste ich zugeben, dass ihr Plan ziemlich raffiniert war. Mich mit meinem eigenen Magievorrat umzubringen ... Wow.

Ich hatte nicht mal einen Monat als Vertraute durchgehalten, bevor die Zauberwelt mich in die Knie zwang.

Aber ich würde nicht kampflos aufgeben.

Meine Katzen konnten zwar das Haus nicht betreten, aber ich sah und hörte sie durch das Fenster. Ich konnte immer noch mit ihnen reden, mich von ihnen durch diesen Kampf leiten lassen. Entschlossen rannte ich den Gang entlang, geradewegs an meiner geisterhaften Gegnerin vorbei und auf das Fenster im Wohnzimmer zu.

Merlin saß bereits ungeduldig dahinter, als ich es entriegelte und öffnete. „Gracie, hinter dir!", rief er im nächsten Moment.

In letzter Sekunde duckte ich mich zur Seite, um einem weiteren Biss von Virginia auszuweichen.

Mit wütendem Gebrüll sauste sie durch das Fenster, hielt inne und kehrte wieder um.

„Sie hat den Großteil ihrer Magie aufgebraucht, um den Barrierezauber zu wirken", ertönte Lunas Stimme von irgendwoher. „Deshalb fehlt über die Hälfte ihres Körpers. Selbst mit dem Ausfluss, den sie aus dir erschaffen hat, schwinden ihre Kräfte langsam."

Luna hatte recht! Nachdem Virginia mich mit Magie zum Schweigen gebracht hatte, waren ihre kümmerlichen kleinen Arme verschwunden, und nun hörte ihre astrale Gestalt unter dem Schlüsselbein auf. Vielleicht würde sie sich ganz auflösen, wenn sie noch einen größeren Zauber wirkte.

Wieder attackierte sie mich, doch ich sprang abermals zur Seite. Sollten diese Angriffe mich ablenken, während sie versuchte, ihre Magie aufzuladen? Und was wäre das Schlimmste, das sie mir ohne Magie antun könnte? Mich erneut beißen? Das tat zwar weh, würde mich aber kaum umbringen.

Dieses Wartespielchen konnte ich ebenso gut spielen.

Schnell rannte ich zu der Garderobe im Flur und holte meinen Besen heraus.

Virginia lachte höhnisch über meine Waffenwahl. Doch als ich ihr die staubigen Borsten mit aller Kraft ins Gesicht stieß, wurde sie durch die Wucht quer durch den Raum geschleudert.

„Dafür wirst du bezahlen!", drohte sie, wobei ihre Aura in einem giftigen Smaragdgrün erstrahlte. „Keine Bewegung!"

Meine Füße fühlten sich mit einem Mal an, als wären sie am Boden festgefroren. Zwar konnte ich meinen Oberkörper noch bewegen, aber von der Hüfte abwärts steckte ich fest.

Sobald Virginia den magischen Befehl ausgesprochen hatte, verschwand der Rest ihrer halb durchsichtigen Schultern. Jetzt war sie nur noch ein schwebender Kopf samt Hals.

„Du kannst mich nicht töten, ohne dich selbst zu vernichten", behauptete ich, als sei es eine Tatsache und nicht nur eine Theorie, die ich aufgestellt hatte. Auch wenn sie laut eigener Aussage unsterblich war, würde sie nicht ewig im Diesseits verweilen können.

„Ich bin doch schon tot, dank dir", keifte sie zurück. Je frustrierter sie wurde, desto undeutlicher und schneller redete sie.

„Gracie!", rief Merlin mir durch das Fenster zu. Als ich durch Virginia hindurchblickte, sah ich ihn und Luna auf der Fensterbank sitzen.

„Wir können sie mit einem Zauber fesseln, aber dazu brauchen wir Zutaten aus meinem Garten", rief Luna.

„Vergiss es, der Frosch hat nicht funktioniert." Sonst würden wir uns wohl kaum in dieser misslichen Lage befinden.

Doch Luna ließ sich nicht beirren. „Der Trank war zu alt und hatte seine Wirkung verloren. Ein frisch gebrauter wird funktionieren."

„Aber ich kann das Haus nicht verlassen."

„Versuch's durch die Tür", schrie Merlin. Danke, Doktor Offensichtlich.

„Geht nicht. Ich sitze hier fest." Seufzend deutete ich auf meine angewurzelten Beine.

Während unserer Diskussion überschüttete Virginia uns unablässig mit wüsten Beschimpfungen, hütete sich jedoch, weitere Zauber zu wirken. Scheinbar hatte ich doch recht mit der Vermutung, dass sie nicht über genügend Magie verfügte, um ihren Plan zu Ende zu führen. Wahrscheinlich hatte sie nicht mit einberechnet, wie viel Kraft der Barrierezauber ihr abverlangen würde. Außerdem war sie sowieso keine echte Hexe. Zu Lebzeiten hatte sie keine eigene Magie besessen und wusste nun im Tod nicht wirklich etwas damit anzufangen.

Ich ließ den Blick durch den Raum schweifen, auf der Suche nach etwas, das mich aus meiner Starre befreien würde. Schließlich entdeckte ich mein Handy, das nicht mal zwei Meter entfernt auf dem Kaffeetisch lag. Natürlich konnte ich es von hier aus nicht einfach so erreichen, aber ich hatte immer noch den Besen in der Hand. Wenn es mir gelänge, Virginia abzulenken und mir unbemerkt das Telefon zu angeln, könnte ich Drake eine SOS-Nachricht schicken.

Zum Glück hatte er nach unserem erfolglosen Date trotzdem darauf bestanden, Nummern auszutauschen. Außerdem hatte er mir angeboten, mir mit meinem Geist zu helfen, falls nötig. Und Hilfe konnte ich gerade wirklich gut gebrauchen.

„Hey, Blitzmerkerin!", rief ich, um die Aufmerksamkeit der immer noch fluchenden Virginia zu erregen. „Pass mal gut auf!"

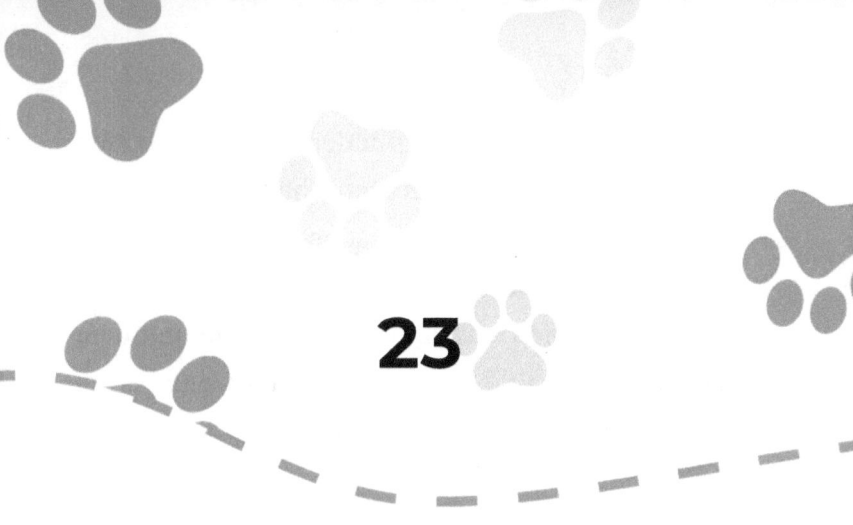

23

ch gab vor, einen Zauber zu wirken. Ja, ich konnte die Magie in mir zwar nicht nutzen, und ja, eigentlich wusste Virginia das auch, aber meine List funktionierte trotzdem.

Mit der freien Hand fuchtelte ich wild in der Luft herum, als wolle ich etwas heraufbeschwören. „Merlin, Blitzgewitter!", schrie ich im gleichen Moment.

Und tatsächlich wirbelte Virginia herum, um mitanzusehen, wie Merlin vor dem Fenster einen eindrucksvollen Blitzstrahl einschlagen ließ. Natürlich konnte der Zauber die Barriere nicht durchbrechen, aber Virginia war von dem „fehlgeschlagenen" Rettungsversuch trotzdem abgelenkt.

Hastig streckte ich den Arm aus, angelte mit dem Besen nach meinem Handy und zog es mit einem

Ruck vom Kaffeetisch. Es schlidderte über den Boden direkt auf mich zu. Gott sei Dank hatte ich mir eine robuste Schutzhülle zugelegt, sonst wäre es vermutlich verkratzt und zersplittert bei mir angekommen.

Ich bückte mich und hob es auf, wischte mit dem Finger über den Bildschirm, um ihn zu entsperren und tippte in Windeseile eine Nachricht an meinen Kollegen.

Drake, Hilfe!

Komm schnell her!

Ich schickte die Sätze nacheinander ab, weil ich nicht wusste, wie lange Virginia noch abgelenkt bleiben würde.

Der Geist ist ... Plötzlich fuhr sie zu mir herum, entdeckte das Telefon und fegte es mir mit ihrer Magie aus den Händen. Es zerschmetterte wie zuvor schon der Keramikfrosch an der Wand. So viel zum Thema robuste Schutzhülle.

Ruhe in Frieden, iPhone.

Drake würde kommen. Dessen war ich mir ganz sicher. Inwieweit er mir jedoch tatsächlich helfen konnte, wusste ich nicht.

Ich musterte Virginia, um festzustellen, ob ein weiterer Teil von ihr sich aufgelöst hatte, aber sie schien unversehrt zu sein. Was bedeutete, dass der

Ausfluss, den sie in mir erschaffen hatte, zu wirken begann.

Nein, nein, nein. Wie konnte ich noch mehr Zeit schinden?

„Merlin, ich habe Angst!", schrie ich verzweifelt, woraufhin Virginia vor Schadenfreude förmlich glühte.

„Ich lasse dich nicht allein", versprach er mir durch das Fenster. „Trotz der Barriere verleiht meine Anwesenheit dir Kraft. Und deine bietet mir Schutz."

„Aber der Ausfluss …" Ich brach ab und gab vor, dass meine Energie gemeinsam mit der Magie entschwand.

Merlin setzte sich auf die Hinterbeine und drückte seine Pfoten gegen die unsichtbare Barriere. Dabei konnte ich seinen flauschigen Bauch sehen. „Du trägst meine Magie in dir. Ein kleiner Teil davon mag auf Virginia übergehen, aber das Meiste erreicht mich hier draußen. Deshalb muss ich hier bleiben, weil die Magie sonst nicht weiß, wohin sie fließen soll."

„Hör auf, ihr zu helfen!", kreischte Virginia, aber sie konnte durch die Barriere ebenfalls keinen Zauber wirken. Um Merlin anzugreifen, müsste sie das Haus verlassen. Aber wir alle wussten, dass er viel mächtiger war als sie, vor allem mit all der zusätzlichen Magie, die gerade in ihn floss.

„Du sitzt hier fest, bis du dich ausreichend regeneriert hast, um deinen Todesfluch oder was auch immer zu vollenden", wandte Merlin sich in einem kalten, überheblichen Tonfall an Virginia.

Dann fügte er, an mich gewandt, hinzu: „Ignorier sie einfach. Sie kann dir noch nicht wehtun."

„Kann ich wohl!", brüllte Virginia, sauste auf mich zu und biss mich erneut. Es geschah alles so schnell, dass ich sie nicht rechtzeitig mit dem Besen abwehren konnte. Verflixt!

Auch diese Wunde schmerzte, aber ich würde es überleben. Sie konnte mich wohl kaum zu Tode beißen, also musste ich alles daran setzen, am Leben zu bleiben.

„Merke dir die folgenden Zutaten", rief Luna mir zu. „Sobald dein Freund hier eintrifft, musst du ihn zu meinem Garten schicken. Wenn er uns zurückbringt, was wir brauchen, können Merlin und ich einen neuen Fesseltrank brauen."

„Aber dann wird Drake eure Magie sehen und euch sprechen hören!", protestierte ich. Merlin hatte mir doch von Anfang an eingebläut, dass ich die Welt der Magie vor normalen Menschen geheim halten musste. Was würde es bringen, diesen Geisterangriff zu überleben, wenn ich doch nur in einem schrecklichen Zauberergefängnis landete?

„Wir haben uns ihm nicht zu erkennen gegeben, also wird er nur Miauen hören", erklärte Luna beschwichtigend. „Und seine Augen werden andere Erklärungen für das finden, was vor sich geht. Es wird alles gut werden. Sei einfach vorsichtig. Jetzt hör gut zu und merke dir diese Liste: Weißdorn, Schöllkraut ...“

Sie rief mir noch zehn weitere Zutaten zu und wiederholte sie danach mehrmals, bis ich mir alles eingeprägt hatte.

Währenddessen fluchte und heulte Virginia laut, doch damit bezweckte sie lediglich, dass wir die Liste ein paar Mal öfter durchgehen mussten, um sie über ihr Gebrüll zu verstehen.

Warum zogen sich meine magischen Bredouillen nur immer so ewig hin? In Filmen spielten lebensbedrohliche Situationen sich immer rasend schnell ab. Niemand musste ewig warten, bis ein Geist sich regeneriert hatte oder die richtigen Zutaten für einen Zaubertrank beschafft wurden.

Echte Magie war gleichzeitig so viel aufregender und so viel langweiliger als Filmmagie. Aber letztere würde mich wenigstens nicht umbringen.

Virginia jedoch ...

Wieder setzte sie zum Angriff an, und wieder wehrte ich sie mit dem Besen ab. Langsam hatte ich wirklich den Bogen raus. Sie ließ sich nicht beirren und versuchte es gleich noch einmal, als plötzlich zwei gleißende Lichter durch das Fenster hereinfluteten.

Drake war hier!

24

ie erstarrt warteten wir, während Drake den Motor abstellte, aus dem Wagen stieg und die Veranda betrat.

Im nächsten Augenblick hämmerte er gegen die Eingangstür. „Gracie! Ist alles in Ordnung? Lass mich rein!"

Der Barrierezauber! Würde er überhaupt hereinkommen können? Und wenn ja, wäre er auch in der Lage, das Haus wieder zu verlassen?

„Drake", rief ich verzweifelt aus, und meine Stimme klang dank des ganzen Gebrülls schon ziemlich heiser. „Bleib draußen!"

„Was ist hier los?", wollte er wissen und rüttelte vergeblich am Türknauf.

„Bleib draußen!", wiederholte ich und hoffte, er

würde nicht weiter diskutieren. Wir mussten uns beeilen. „Bitte, hör zu, ich brauche deine Hilfe. Du musst für mich zu einem Garten fahren und mir ein paar Pflanzen besorgen."

Drake hämmerte unablässig gegen die Tür. „Was? Warum denn das, Gracie? Was geht hier vor sich? Ist der Geist zurück? Geht es dir gut?"

„Ja, er ist hier und ziemlich wütend. Ich muss es fesseln, bevor es …"

„Hey, ich bin kein es! Zeig gefälligst ein wenig Respekt, du sterblicher Schwächling!", fauchte Virginia und sauste aufgebracht durchs Zimmer.

„Wow", schrie Drake und hörte auf, die Tür zu malträtieren. „War das der Geist? Die Alte klingt wirklich ziemlich sauer!"

„Das bin ich in der Tat", keifte Virginia. „Und du stehst jetzt auch auf meiner Abschussliste, du dummer Junge!" Sie leuchtete heller als je zuvor. Anscheinend war ihr Stolz ziemlich angegriffen. Hmm, vielleicht könnte Drake ja doch hereinkommen und sie zu Tode labern. Aber ich wollte ihn nicht der Gefahr aussetzen. Außerdem wollte ich Virginia lieber selbst zur Strecke bringen. Dazu brauchte ich jedoch Lunas Zaubertrank. Ich musste Drake überzeugen, die Zutaten für mich zu besorgen.

„Ist schon gut, Drake, ignorier sie einfach", rief

ich und hoffte, dass Virginias wüste Drohungen ihn nicht verschreckt hatten. „Fahr bitte zu dem Garten und bring uns, was wir brauchen. Das ist die einzige Möglichkeit, sie zu besiegen. Hast du dein Handy dabei? Dann schreib dir die Liste auf.“

Nach einem kurzen Schweigen antwortete er: „Okay, bin bereit.“

Ich wiederholte die Pflanzen, während Luna zustimmend nickte, und nannte ihm anschließend die Adresse. „Und jetzt beeil dich bitte! Ich verlasse mich auf dich!“

Drakes Schritte entfernten sich und dann hörte ich, wie er den Motor anließ und mit quietschenden Reifen davonfuhr.

„Was jetzt?“, fragte ich die Katzen, die beide durch das Fenster hereinstarrten.

„Jetzt warten wir und hoffen, dass er die richtigen Zutaten zurückbringt. Und zwar schnell“, erwiderte Luna.

„Drake kennt sich mit vielen Dingen ein bisschen aus“, sagte ich, als mir mein Gespräch mit ihm wieder einfiel. „Auch mit dem Gärtnern. Außerdem kann er die Pflanzen googeln und sichergehen, dass er die richtigen hat. Er wird uns nicht enttäuschen.“

Aus irgendeinem Grund war ich fest davon überzeugt. Drake würde mich nicht im Stich lassen. Er würde mich retten. Alles würde in Ordnung kommen.

Ich musste nur Geduld haben.

„Ich werde von Minute zu Minute stärker", erinnerte Virginia mich in einem hämischen Flüsterton. Und tatsächlich, sie war wieder so weit sichtbar, wie sie mir zu Beginn erschienen war ... eine Büste, die bis zu den Achseln Gestalt annahm. „Ich werde dich töten, Gracie, und dein Freund muss es hilflos mitansehen. Danach werde ich mich abermals regenerieren und ihn auch noch umbringen. Und zu guter Letzt Luna. Meine ehemalige Meisterin hebe ich mir für den Schluss auf. Bevor die Nacht vorüber ist, werdet ihr alle tot sein."

„Niemand wird heute sterben, du dämliche Gans", stichelte Merlin durch das Fenster. „Schon gar nicht meine Vertraute und meine ungeborenen Kinder!"

Virginia schnappte schockiert nach Luft und wandte sich ihm zu. „Was hast du da gesagt?"

„Die Macht der Liebe stärkt uns. Dein Hass wird uns niemals besiegen", schrie ich, da mir das eine gute, filmreife Antwort in einer Situation wie dieser zu sein schien.

„Anscheinend habe ich dich genau zur richtigen Zeit verlassen, Luna", sagte Virginia kühl. „Als Hexe warst du zumindest mächtig. Aber du hast deine Kräfte einfach weggeworfen, nicht wahr? Und für was? Um die Gebärmaschine für einen überheblichen Flauschball zu spielen?"

„Ich schulde dir nichts, Virginia", fauchte Luna. „Außerdem würdest du nie begreifen, dass man auf mehr als nur eine Weise mächtig sein kann. Meine Kinder werden zu starken, gutmütigen Katzen heranwachsen, die dabei helfen werden, Monster wie dich zu besiegen."

„Sie werden entweder heute Nacht sterben oder ein verfluchtes Leben führen, das garantiere ich dir." Virginias drohender Tonfall duldete keinen Zweifel.

Auch wenn ich bisher wenig begeistert darüber gewesen war, dass Merlin und Luna ausgerechnet jetzt eine Familie gründen wollten, würde ich die ungeborenen Kätzchen mit meinem Leben beschützen. Virginia hatte uns mit ihren finsteren Worten Angst einjagen wollen, aber stattdessen war ich nur noch entschlossener, ihr Einhalt zu gebieten.

Ich würde sie ein für alle Mal besiegen.

Die Babykatzen sollten niemals erfahren, wie knapp sie dem sicheren Tod entronnen waren, noch bevor sie überhaupt das Licht der Welt erblickten.

Tante Gracie würde sie alle retten.

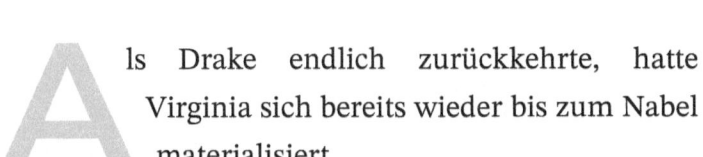

25

Als Drake endlich zurückkehrte, hatte Virginia sich bereits wieder bis zum Nabel materialisiert.

Die gut fünfundzwanzig Minuten, in denen sie uns wüst beschimpft und uns wiederholt mitgeteilt hatte, wie ätzend sie uns fand, waren die qualvollste Zeit meines Lebens gewesen. Ein paar Mal hatte sie noch versucht, mich anzugreifen, aber ich hatte sie stets mit dem Besen abgewehrt.

Ehrlich gesagt, war sie wahrscheinlich ebenso erleichtert wie ich, als Drakes Wagen wieder in die Einfahrt einbog. Diesmal näherten sich jedoch zwei Paar Schritte meiner Tür.

„Drake?", rief ich argwöhnisch. *Bitte, lass es Drake sein. Lass es ihn sein.*

„Ich bin's", rief er durch die Tür zurück.

„Und ich", meldete sich eine zweite Stimme zu Wort.

„Kelley?", krächzte ich. Warum hatte Drake sie hierher gebracht? Jetzt, da auch meine Freunde in Gefahr schwebten, fühlte ich mich gehörig unter Druck gesetzt. Mich, Luna, Merlin, die Kätzchen, Drake, Kelley ... Ich musste uns alle schleunigst retten. Virginia regenerierte sich immer schneller. Bald schon würde sie kurzen Prozess mit mir machen und sich anschließend den Rest der Truppe vorknöpfen.

„Ich habe sie bei der Adresse angetroffen, die du mir genannt hast", erklärte Drake durch die Tür. „Warum hast du mir nicht gleich gesagt, dass das ihr Haus ist? Jedenfalls wollte sie helfen, also habe ich sie mitgebracht. Lässt du uns jetzt bitte rein?"

„Nein, bleibt draußen!", rief ich, aber es war zu spät.

Virginia verwendete einen Teil ihrer zurückgewonnenen Magie, um die Tür zu öffnen und Kelley sowie Drake ins Haus zu zerren.

„Gracie, was geht hier vor sich?", fragte Kelley zitternd, als sie die bedrohliche, geisterhafte Erscheinung erblickte.

„Wow", hauchte Drake beeindruckt. „Warum ist sie so grün?"

„Weil sie magische Kräfte besitzt. Sie hält mich hier drin fest, und ich fürchte, jetzt seid auch ihr g-gefangen", stotterte ich. Obwohl ich Virginia besiegen wollte, hatte ich große Angst, es nicht zu schaffen. Wir mussten dringend den Trank in Merlins Kessel brauen und unsere Gegnerin entweder nach draußen locken oder das Gebräu ins Haus bringen. Aber wie sollten wir das tun, wenn niemand ohne ihre Erlaubnis die Barriere durchbrechen konnte?

Virginia musste sich der Situation ebenfalls bewusst sein, denn sie lachte schurkenhaft auf. „Und jetzt hast du noch ein Opfer angeschleppt. Na gut, dann töte ich sie eben auch."

Kelley schluchzte entsetzt, woraufhin Virginia noch lauter lachte. Oh, dafür würde sie bitter bezahlen!

Drake schloss Kelley in seine Arme und redete beschwichtigend auf sie ein. „Ich werde dich beschützen", versprach er, bevor er den Blick auf mich richtete. „Euch beide."

„Sie hat eine Barriere um das Haus errichtet. Niemand kann ohne ihre Zustimmung hinaus oder herein. Außerdem kann ich mich nicht von der Stelle rühren", erklärte ich und deutete auf meine nutz-losen Beine.

„Okay, also ich werde mir nicht von einem grünen Geisterfrosch sagen lassen, was ich tun kann und was nicht", verkündete Drake. Er führte Kelley zu mir herüber und marschierte dann zurück zur Haustür.

Nein, nein, nein. Die Barriere könnte elektrisch geladen sein! Zwar hatte sie Merlin nicht verletzt, als er sie berührte, aber Drake besaß keine Magie. Würde er einen magisch geladenen Stromschlag überstehen können?

„Drake, warte!", schrie ich. „Sie ..."

Aber im nächsten Moment hatte er die Schwelle überschritten. Er drehte sich zu uns um, strich sich mit der Hand durchs Haar und grinste uns schief an. „Was wolltest du gerade sagen?"

„Wie ist das möglich?", keifte Virginia und fegte aufgebracht durchs Zimmer.

Zur gleichen Zeit stürmte Kelley auf die Tür zu, prallte jedoch mit einem lauten *Rums* gegen die unsichtbare Barriere und landete unsanft auf dem Hintern. „Das verstehe ich nicht", schluchzte sie. „Warum konnte Drake entkommen, ich aber nicht?"

Dieser streckte eine Hand hinein und versuchte mit aller Macht, Kelley herauszuziehen, aber es gelang ihm nicht. Schließlich ließ er sie wieder los, und sie drückte sich leise wimmernd gegen die Wand.

„Wie hast du das gemacht?", fragte ich ihn. Würde mir das auch gelingen, sobald ich meine Beine wieder bewegen könnte?

Drake zuckte nur mit den Achseln. „Keine Ahnung. Manchmal kann ich Dinge tun, die andere nicht tun können. Und manchmal weiß ich Dinge einfach, wie zum Beispiel deine Adresse, ohne dass du sie mir genannt hast."

„Du bist mir hierher gefolgt", entgegnete ich, da ich es mir nicht anders erklären konnte, auch wenn der Gedanke ziemlich unheimlich war.

Er schüttelte den Kopf. „Nein, es war, als hätte ich mich einfach daran erinnert, auch wenn ich nicht wusste, woher die Erinnerung kam."

„Das reicht jetzt", zischte Virginia. „Lasst mich gefälligst in Ruhe regenerieren."

„Warum sollten wir auf dich Rücksicht nehmen?", knurrte ich. „Du willst uns doch umbringen."

„Und wie ich mich darauf freue!" Sie leuchtete auf, während ihre Hüften sich zu formen begannen. Langsam lief uns die Zeit davon.

„Drake, bring die Pflanzen zu der Vogeltränke im

Garten, vermische alles darin, fülle das Gebräu in ein Gefäß und bring es zurück zum Haus."

„Wie viel jeweils? Bei einem Rezept muss man doch bestimmt auf die Mengenangaben achten."

Damit hatte er wohl recht. Aber wie konnte er angesichts dieser absurden Situation nur so gelassen bleiben? Obwohl ich inzwischen so viel über Magie wusste, war ich panisch vor Angst. Kelley lag zusammengekauert neben der Tür, aber Drake plauderte völlig unbekümmert mit mir.

„Ich ... ich weiß es nicht", murmelte ich.

Plötzlich erschien Luna neben Drake und stellte sich ihm vor. „Hi! Ich bin eine Katze, die früher mal eine Hexe war. Jetzt habe ich leider keine magischen Kräfte mehr. Aber ich kann dir dabei helfen, Gracie zu retten, wenn du den Trank nach meinen Anweisungen braust."

Drake starrte sie mit weit aufgerissenen Augen an.

Kelley schluchzte noch lauter.

Starr vor Schock beobachtete ich das Geschehen. Was würde als Nächstes passieren?

Drake stieß einen tiefen Seufzer aus. „Ja, schon gut. Dann lass uns das Ding mal zusammenpantschen."

26

Es war die reinste Folter, nicht sehen zu können, was Luna und Drake im Garten taten. Merlin saß nun zwar vor der geöffneten Tür und hielt mich auf dem Laufenden, aber schon nach wenigen Minuten hatte Virginia sie ihm vor der Nase zugeknallt. Daraufhin positionierte er sich wieder vor dem Fenster, sodass die Magie, die aus mir austrat, ihn einfacher erreichen konnte.

„Gracie, hast du einen Krug oder sowas in der Art?", rief Drake und stürmte so mühelos wieder ins Haus, dass Virginia vor Wut bebte.

„Vergiss es, hab schon einen gefunden", rief er einen Augenblick später. Als er wieder an mir vorbeisauste, bemerkte ich, dass er das Gefäß genommen hatte, in dem seine Blume stand. Ob es ihm aufgefallen war?

Vor der Tür drehte er sich noch einmal kurz zu mir um. „Ach, und die Katzenlady sagte, wir bräuchten die Scherben von irgendeinem Frosch, um den Trank fertigzustellen. Wo krieg ich die her?"

Richtig! Wir brauchten etwas, das Virginia zu Lebzeiten gehörte. Die Keramikfigur war zwar zersprungen, aber die Bruchstücke könnten trotzdem noch von Nutzen sein. Was für ein Glück!

„Im Gang", sagte ich und deutete mit dem Kopf in die Richtung, woraufhin Drake sich auf den Weg machte, den fehlenden Bestandteil zu holen.

Gleich darauf kam er mit einer glänzenden Scherbe zurück durch das Wohnzimmer gelaufen. „Hab's gefunden."

Virginia brüllte erbost und stürzte sich auf ihn.

Ich versuchte, sie mit dem Besen abzuwehren, doch beide waren außerhalb meiner Reichweite. „Pass auf!", schrie ich verzweifelt.

Drake sah auf, gerade als Virginia gegen ihn krachte ... oder besser gesagt, durch ihn hindurch.

„Was bist du?", kreischte sie mit zitternder Stimme.

„Was bist *du*?", gab er zurück, völlig unberührt

von ihrem Angriff, und setzte seinen Weg zur Tür fort.

Er verschwand im Garten und kehrte wenige Minuten später mit dem Krug zurück, in dem sich nun der schlammig-grüne Zaubertrank befand. „Die Katzenlady will, dass ich ihn dir gebe", erklärte er und drückte ihn mir in die Hand.

„Aber was soll ich damit tun?", fragte ich und übergab ihm im Gegenzug den Besen.

Er hatte jedoch keine Zeit, mir zu antworten, bevor Virginia uns erneut attackierte.

Als er versuchte, sie mit dem Besen zurückzustoßen, fuhr er geradewegs durch sie hindurch.

Unsere wütende Gegnerin stürzte sich auf mich, und hätte sie mich nicht auf der Stelle festgehext, wäre ich unsanft auf dem Hintern gelandet.

Dadurch konnte ich mich auf den Beinen halten und umklammerte den Krug mit aller Kraft.

Was jedoch Virginia anging ...

„Nein, was geschieht hier?", schrie sie, als ihre grüne Aura plötzlich verblasste und die Farbe wirbelnd in den Krug gezogen wurde.

Fasziniert sah ich zu, wie das Gefäß sich mit leuchtender Magie füllte.

Als ich den Blick hob, schwebte Virginia grau und

trostlos vor mir. Nun hatte sie den Rest ihres Körpers bis hinunter zu den Füßen wiedererlangt.

„Du hast mir meine Magie gestohlen. Gib sie zurück!", fauchte sie und griff nach dem Krug, doch ihre Hand fuhr durch das Glas hindurch. Sie versuchte es abermals, jedoch ebenfalls erfolglos.

„Wo ist sie hin?", fragte Drake, der immer noch den Besen wie einen Baseballschläger erhoben hielt.

Ich zeigte vor mich. „Sie ist genau hier. Kannst du sie etwa nicht sehen?"

„Nein, Gracie. Sie ist definitiv verschwunden." Er lachte trocken, als hätte ich mir einen Scherz mit ihm erlaubt.

Merlins Stimme ertönte durch das geöffnete Fenster. „Wir konnten sie nicht vollständig vernichten, weil sie ihre Aufgabe, dich zu töten, noch nicht erledigt hat, Gracie. Solange sie das nicht geschafft hat, sitzt sie in unserer Dimension fest."

„Aber wie werden wir sie dann los?", fragte ich und reckte den Kopf, um ihn zu erspähen, aber er saß nicht länger vor dem Fenster.

„Ich werde dich umbringen!", knurrte Virginia und versuchte, mich anzugreifen. Für die anderen schien sie völlig unsichtbar zu sein.

„Der Zaubertrank hat ihr die Magie geraubt und sie an dieses Haus gebunden", erklärte Luna, die mit

Merlin durch die Katzenklappe hereingeflitzt kam. Anscheinend hatte der Zauber auch die Barriere aufgelöst.

„Also sitzt sie hier *bei uns* fest?", kreischte ich. Unser Heim war ja nicht schon überfüllt genug, vor allem, wenn erst die Kätzchen geboren waren. Da konnten wir eine weitere Mitbewohnerin wirklich nicht gebrauchen, und schon gar keine, deren Ziel es war, uns alle zu töten.

„Ja, aber sie kann uns nichts mehr antun", sagte Luna. Sie schien von der Aussicht ebenso wenig begeistert zu sein wie ich.

„Stirb, du dumme Gans, stirb!" Virginia stürzte sich erneut mit aller Kraft auf mich, aber je mehr sie sich anstrengte, desto schwächer wurden ihre Stimme und ihre Gestalt.

„Du kannst dich jetzt übrigens wieder bewegen", informierte Merlin mich und stupste mit der Pfote gegen meinen Fuß. „Also steh nicht so nutzlos da rum."

Schwungvoll hob ich mein Bein an in der Erwartung, dass ich mich anstrengen müsste, aber ich hatte mich verkalkuliert, verlor das Gleichgewicht und prallte gegen Drake.

Er fing mich auf und half mir, mich aufzurichten. „Immer schön langsam, Kumpel."

„Kumpel?", fragte ich leicht belustigt.

„Wollte nur verdeutlichen, dass wir nichts weiter als Freunde sind", erklärte er mit einem Zwinkern. „Vor allem jetzt, da ich weiß, dass du eine coole Hexe bist, die regelmäßig gegen böse Geister kämpf."

Mist. Natürlich kannte Drake jetzt so ziemlich alle meine Geheimnisse. Zwar waren ihm nicht alle Details bekannt, wie etwa meine berühmte Ahnen-linie oder die Tatsache, dass ich nicht selbst eine Hexe war sondern nur eine Vertraute, aber im Großen und Ganzen wusste er zu viel.

Hoffentlich kümmerten die Katzen sich darum, sodass ich nicht auch noch ins Zauberergefängnis wandern musste, weil ich einem Normalsterblichen zu viel offenbart hatte.

Obwohl ich erfolgreich einen Geist besiegt hatte, bezweifelte ich, dass ich mich ebenso glorreich in einem Verlieβ voller übler, magischer Schurken schlagen würde.

27

"allo? Kann ich jetzt rauskommen?", rief eine hallende Stimme durch die Wand.

"Lasst mich gefälligst frei", keifte Virginia, doch man hörte kaum mehr als ein Flüstern. So konnte ich sie immerhin leichter ignorieren, wenn sie wirklich für den Rest meines Lebens hier herumspuken würde. Drake und Kelley konnten sie bereits nicht mehr wahrnehmen. Das wertete ich als gutes Zeichen.

"Bist du das, Harold?", rief ich zurück.

Eine blaue Hand erschien durch die Wand des Wohnzimmers und streckte den Daumen in die Höhe. Wie schön, dass er endlich Form annahm.

Kelley starrte mich mit glänzenden Augen an. "M-mein Vater?", stammelte sie. "Ist er etwa hier?"

„Komm raus, Harold", fügte ich lächelnd hinzu. Es tat gut, endlich wieder unbeschwert lächeln zu können.

Mein ehemaliger Chef materialisierte sich im Wohnzimmer. Er war zwar immer noch größtenteils ein formloser Blob, aber immerhin konnte man nun Hände und Gesicht ausmachen.

Kelley erhob sich zögerlich, näherte sich der blauen Erscheinung jedoch nicht.

„Ist schon okay", versicherte ich ihr mit einem aufmunternden Grinsen. „Er ist nicht wie der andere Geist. Komm ruhig her."

Auf mein Geheiß hin stellte sie sich neben mich. „Dad?", fragte sie unsicher. Wahrscheinlich wusste sie nicht, ob man Geistern wirklich trauen konnte, selbst wenn man sie zu Lebzeiten gekannt hatte.

„Kelley", erwiderte Harold in seinem hallenden Tonfall.

Den Blick weiterhin starr auf ihn gerichtet, wandte sie sich an mich. „Was stimmt nicht mit ihm?"

„Er ist erst seit Kurzem ein Geist, also muss er noch Gestalt annehmen. Sprich ruhig mit ihm. Er wird dir nichts tun."

Harold hüpfte ein wenig vor uns auf und ab. „Ich wollte dich nur noch ein letztes Mal sehen", gestand er. „Um dir zu sagen, dass ich dich liebe ... Und es tut mir leid, dass ich nie für dich da war.“

Kelley lachte unter Tränen und wischte sich über die feuchten Wangen. „Du wusstest ja nicht, dass ich existiere. Und als du es erfahren hast, war es zu spät.“

Ich drehte den Kopf und bemerkte, dass Drake das Geschehen fasziniert verfolgte. Sowohl er als auch Kelley konnten Harold sehen, Virginia jedoch nicht mehr. Diese ganze Geistergeschichte war wirklich ziemlich verwirrend. Ich bezweifelte, dass ich je ganz verstehen würde, wie genau die Welt des Jenseits mit unserer interagierte.

„Als ich es herausfand, hätte ich mehr Zeit mit dir verbringen sollen, aber ich hatte Angst, dich zu enttäuschen. Ich hatte einfach angenommen, uns bliebe mehr Zeit.“

Kelley schluchzte, doch ihr Lächeln war aufrichtig. „Ich auch. Aber jetzt, da du wieder hier bist, könnten wir doch ...?“

Harolds blaue Aura verblasste ein wenig. „Nein, ich kann leider nicht bleiben. Ich werde von der anderen Seite aus über dich wachen.“

„Warum bleibst du nicht bei mir?“ Hätte Kelley eine Aura besessen, wäre diese sicherlich auch verblasst.

„Weil ich meine Aufgabe hiermit erledigt habe“,

erklärte Harold sachlich, aber ich sah, wie sehr es ihn traf, seine Tochter enttäuschen zu müssen. Seit seinem ersten Erscheinen letzte Nacht hatte er sich stark verändert. Er konnte nicht nur vollständige Sätze aussprechen sondern auch an Erinnerungen festhalten. „Du weißt jetzt, wie sehr ich dich liebe und dass ich mir wünsche, die Dinge wären anders verlaufen. Ich durfte dich ein letztes Mal sehen und konnte zudem Gracie eine Warnung überbringen."

„Da wir gerade davon sprechen", mischte ich mich ein und hob die Hand, um die Aufmerksamkeit der anderen auf mich zu lenken. „Virginia ist hier gefangen. Sie kann uns nichts mehr antun. Danke für die Warnung, sie war schon irgendwie hilfreich."

Harold legte die Fingerspitzen seiner frei schwe- benden Hände aneinander. Langsam stieg er zur Decke empor und blickte stirnrunzelnd auf Kelley und mich herunter. „Nein, meine Nachricht bezog sich nicht auf sie, sondern jemand anderes. Auf jemand, der noch lebt", sagte er schließlich in dersel- ben, merkwürdigen Stimme, mit der er die Warnung ausgesprochen hatte. „Die Samen, die bereits gesät wurden, werden bald gefährliche Früchte tragen."

Kelley schnappte erschrocken nach Luft, aber mich konnte nicht mehr viel aus der Fassung bringen.

„Äh, okay, aber geht es vielleicht ein wenig genauer? Zum Beispiel wer, was, wann und warum? Jedes noch so kleine Detail wäre hilfreich."

Harold ließ die Hände sinken und schwebte wieder zu uns hinab. Seine blaue Aura war nun viel blasser und schwächer als zuvor. „Ich habe dir bereits mehr verraten, als ich sollte. Die Toten dürfen sich eigentlich nicht in die Angelegenheiten der Lebenden einmischen. Außerdem kann ich mich an nichts weiter erinnern."

Er richtete den Blick ein letztes Mal auf Kelley. „Mach's gut, mein Schatz. Irgendwann sehen wir uns wieder. Aber hoffentlich nicht zu bald, hörst du?"

Sie streckte die Finger nach ihm aus und berührte seine geisterhafte Hand.

Einen Moment lang hüpfte er sanft auf der Stelle auf und ab, bevor er vollständig verblasste.

„Das war so cool", ließ sich Drake von seinem Platz auf der Couch vernehmen.

Benommen stolperte Kelley zu ihm hinüber. „Ich kann nicht glauben, dass das wirklich mein Dad war."

„Er scheint echt in Ordnung zu sein", sagte Drake. „Ich nehme alle schlechten Bemerkungen zurück, die ich je über ihn geäußert habe."

Während die beiden einander Gesellschaft leisteten, schlich ich mich unbemerkt in Richtung meines Schlafzimmers davon und bedeutete meinen Katzen, mir zu folgen. Sobald wir uns alle in dem Raum versammelt hatten, schloss ich behutsam die Tür hinter mir.

„Was machen wir denn jetzt?", flüsterte ich verzweifelt. „Die beiden wissen, dass Magie existiert. Muss ich deswegen ins Gefängnis?"

Merlin kicherte amüsiert. „Weißt du, damit ist es so …"

„Wir haben ein Schlupfloch gefunden", schnurrte Luna zufrieden.

Ich starrte sie nacheinander an. Beide kamen mir äußerst selbstgefällig vor. „Wovon redet ihr da? Was für ein Schlupfloch?"

„Also, genau genommen hat Virginia ja die Existenz der Magie offenbart, nicht du", erklärte Merlin stolz.

„Und ich habe erst mit Drake gesprochen, nachdem sie ihm ihre Kräfte demonstriert hat", fügte Luna hinzu. „Deshalb wirst du auch nicht bestraft."

Ich war so erleichtert, dass ich förmlich spürte, wie eine Last von mir abfiel.

„Keiner von uns muss den Kopf hinhalten", freute Luna sich mit einem breiten Grinsen.

Ich atmete tief aus. Ah, das fühlte sich gut an.

„Großartig! Gut gemacht, Leute. Aber was passiert als Nächstes?"

„Gracie, wir haben einen Plan", versicherte Merlin mir und neigte sich verschwörerisch näher, um mir die Einzelheiten zu erläutern.

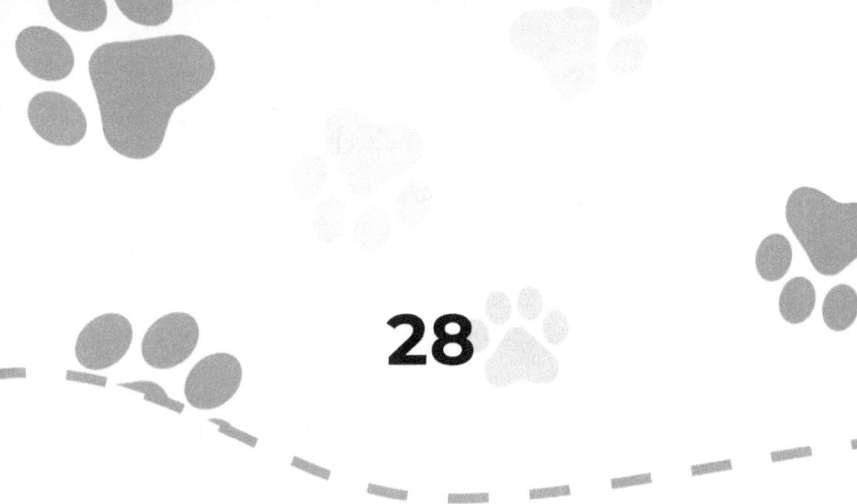

28

Wie sich herausstellte, hatten meine Katzen tatsächlich an alles gedacht. Obwohl keiner von beiden in der Lage war, das Gedächtnis zu beeinflussen – das konnten nur Illusionshexen –, braute Merlin unter Lunas Anleitung einen wirksamen Schlaftrank.

Der Zauber nahm am Ende gasförmige Beschaffenheit an, damit man ihn einfacher anwenden konnte. Und sobald Drake und Kelley tief und fest schlummerten, teleportierte Merlin uns alle zurück zu Kelleys neuem Heim.

Da sie Virginias altes Mobiliar noch nicht weggeschafft hatte, legten wir die beiden Schlafmützen auf eines der geblümten Sofas, wobei ich Drakes Kopf auf Kelleys Schoß positionierte. Vielleicht würde er, wenn sie aneinander gekuschelt erwachten, ja begreifen, was für ein schönes Paar sie wären.

Vor allem aber hofften wir, dass sie am nächsten Morgen aufwachten und die Geschehnisse für einen verrückten Traum hielten, den sie zufälligerweise zur selben Zeit hatten.

Ich für meinen Teil würde unser gespenstisches Abenteuer vehement abstreiten. So ungern ich meine Freunde auch anlog, war es doch nur zu ihrem Schutz ... und damit sie nicht den Verstand verlören.

Natürlich wäre es schön gewesen, mich auch einmal mit jemand anderem als den Katzen über die Welt der Magie zu unterhalten, aber es wäre unverantwortlich, Drake und Kelley möglichen Gefahren auszusetzen, die mit dem Wissen einhergingen. Ohne eine Hexe oder einen Magier, die sie zu Vertrauten machten, wären sie völlig ungeschützt. Zumindest behaupteten Merlin und Luna das.

Zumindest hatten meine Freunde mit der Neueröffnung des Cafés genug zu tun und wären hoffentlich durch die Arbeit abgelenkt.

Am Tag nach der haarsträubenden Begegnung mit dem Jenseits war Kelley für eine weitere Doppelschicht eingeteilt. Während der ersten Hälfte würden die drei neuen Aushilfen sie unterstützen, die restliche Zeit über würden Drake und ich einspringen. Wenn weiterhin so ein Andrang herrschte wie jetzt, würde sie bald noch mehr Baristas einstellen müssen. Ich vertraute darauf, dass sie wusste, wie viel Personal sie brauchte.

Als ich zu meiner Schicht erschien, war Drake bereits vor Ort ... was bis heute noch nie vorgekommen war. Außerdem hielten er und Kelley Händchen, während sie einen Kunden abkassierte und eine der neuen Aushilfen die Espressomaschine bediente.

„Guten Morgen!", rief ich fröhlich, nachdem der Kunde gegangen war. „Ich habe letzte Nacht so gut geschlafen, dass ich bereit bin für alles, was der Tag bringen mag."

Okay, vielleicht übertrieb ich es ein wenig mit der ahnungslosen Masche, aber das konnten die beiden ja nicht wissen. Ich hatte mir vor der Arbeit sorgfältig die tiefen Augenringe überschminkt, um einen frischen, erholten Eindruck zu erwecken. Und so gerne ich auch zurück in mein Bett gekrochen wäre, musste ich meine Schicht nun in bester Laune und energiegeladen hinter mich bringen.

Drake gähnte ausgiebig, ohne jedoch Kelleys Hand loszulassen. „Was soll daran so gut sein?"

Ich warf einen vielsagenden Blick auf ihre ineinander verflochtenen Finger. „Na, irgendetwas Gutes scheint doch passiert zu sein."

Sie erröteten gleichzeitig, was ich äußerst niedlich fand.

Kelley winkte mich näher zu sich heran.

„Wir haben die Nacht gestern zusammen verbracht. Ich kann mich zwar nicht daran erinnern, dass Drake vorbeigekommen ist, aber als ich aufwachte, war er plötzlich da." Sie lächelte, als er sie auf die Wange küsste. Wow, die beiden waren echt direkt von null auf hundert gegangen.

„Ich kann mich auch an nichts erinnern", erzählte Drake. „Aber das ist nichts Ungewöhnliches. Ich vergesse ständig Zeug, das ich mir merken sollte, und kann mir dafür lauter unnütze Dinge merken."

Kelley senkte die Stimme zu einem verschwörerischen Flüstern. „Das Verrückteste an der Sache ist jedoch, dass wir beide genau denselben Traum hatten!"

„Wirklich?", quietschte ich und versuchte, so überrascht wie möglich zu klingen.

„Du warst auch da", fügte Drake hinzu, als erwartete er, ich würde mich daran erinnern. „Hast du zufälligerweise ebenfalls von Geistern und Magie und sprechenden Katzen geträumt?"

Energisch schüttelte ich den Kopf. „Nein, ich habe geschlafen wie ein Stein."

„Ist es nicht seltsam, wie unser banaler Alltag im Traum plötzlich zu einem aufregenden Abenteuer wird?", fragte Kelley kopfschüttelnd. „Sogar mein Dad war da, als ein Geist! Und dann war da noch diese fiese Geisterfrau, die uns angreifen wollte, aber Drake hat uns alle gerettet. Dann ist mein Vater erschienen, um mir zu sagen, dass er mich liebt. Ich wette, das kommt alles nur daher, weil du neulich während der Kennenlernspiele einmal kurz Geister erwähnt hast, Gracie!"

„Es ist echt verrückt, dass wir das Gleiche geträumt haben", betonte Drake und musterte mich mit zusammengekniffenen Augen. „Haargenau das Gleiche."

„Ja, total verrückt", erwiderte ich und deutete mit dem Kopf auf ihre immer noch ineinander verflochtenen Finger. „Aber immerhin scheint es euch einander nähergebracht zu haben."

„Kelley ist echt super. Hübsch und cool", sagte Drake und rieb seine Nase zärtlich gegen ihre Wange.

Ich freute mich ja wirklich für die beiden, aber wenn mir die Überdosis Pumpkin-Spice heute keine Übelkeit bereiten würde, dann sicherlich ihr zucker-süßes Pärchengetue.

„Ich muss jetzt mit den Neuen das Protokoll fürs Ende der Schicht durchgehen", seufzte Kelley und löste sich von Drake. „Bin gleich zurück."

Sie gab ihm ein Küsschen auf die Wange und er winkte ihr hinterher, bis sie im Büro verschwunden war.

„Du und Kelley also?", merkte ich an und versuchte gar nicht erst zu überspielen, wie erleichtert ich über diese Entwicklung war.

„Ich weiß, dass es kein Traum war", flüsterte Drake mir eindringlich zu. „Und ich weiß, dass du dir dessen auch bewusst bist."

„Ich habe wirklich keine Ahnung, wovon du sprichst", erwiderte ich mit einem Achselzucken, warf mir das Haar über die Schulter und begann, die Tische abzuwischen.

Doch innerlich geriet ich in Panik. Wieso konnte er sich an alles erinnern? Und was bedeutete das für unsere Zukunft?

29

Als ich zurück nach Hause kam, erwarteten mich zwei gut gelaunte Katzen und ein mürrischer Geist. Merlin und Luna saßen breit grinsend auf dem Küchentisch, während Virginia kaum noch sichtbar durch das Haus schwebte und wüste Verwünschungen vor sich hinmurmelte.

„Wie gewöhnt sich unsere neue Mitbewohnerin ein?", fragte ich, gerade als Virginia sich uns näherte und durch mich hindurchflog. Obwohl ich nichts spürte, kam es mir ein wenig unangenehm vor.

Schaudernd rief ich ihr hinterher, in Zukunft einen Bogen um mich zu machen.

„Und wenn nicht?", flüsterte sie so leise zurück, dass ich sie kaum verstehen konnte.

„Na ja, Hausarrest hast du ja bereits", lachte ich. „Aber gib mir ein wenig Zeit, dann lasse ich mir eine passende Strafe einfallen."

Die Katzen stimmten in mein Gelächter mit ein, während Virginia sich in einen anderen Teil des Hauses zurückzog.

„Sie ist so unglücklich, es ist einfach herrlich", verkündete Merlin mit vor Vergnügen funkelnden Augen.

Luna hingegen wirkte nicht ganz so erheitert. „Irgendwie fühle ich mich für diesen ganzen Schlamassel verantwortlich."

„Du kannst die bösen Neigungen einer anderen Person nicht kontrollieren", widersprach ich und strich ihr tröstend über das Fell. „Außerdem werden deine Kinder von Anfang an viel mehr über Geister wissen als du. Das ist doch gut, oder nicht?"

„Ja, schon", seufzte sie und schmiegte sich gegen meine Hand.

„Denken wir nicht weiter daran", fiel Merlin ein und streckte sich genüsslich. „Gracie, wir haben eine Überraschung für dich."

Ich hob die Augenbrauen. „Ach, tatsächlich?"

„Hier entlang, bitte."

Die beiden sprangen vom Tisch herunter und

liefen den Flur entlang auf mein Schlafzimmer zu. Vor der Tür hielten sie jedoch inne.

„Schau mal nach oben", befahl Merlin mit vor Aufregung kugelrunden Augen.

Als ich die Decke betrachtete, bemerkte ich jedoch nichts Auffälliges ... und der Anblick der langweiligen, weißen Raufasertapete erfüllte mich mit unbändiger Freude.

„Du hast das Dach repariert!", rief ich aus und beugte mich hinunter, um beide Katzen zum Dank zu kraulen. „Wie hast du das angestellt? Ich dachte, dazu müsstest du nach Nocturna reisen?"

„So gerne ich auch die Lorbeeren einheimsen würde, gebührt der Dank allein Luna", erklärte Merlin stolz. „Los, erzähl es ihr, meine Liebste."

Luna druckste verlegen herum. „Na ja, du weißt ja, dass wir uns in letzter Zeit öfters in meinen alten Garten teleportiert haben."

„Ja, das weiß ich."

„Da kam mir der Gedanke, dass es doch in der Gegend noch andere Gartenhexen mit einer ebenso vielfältigen Auswahl an Pflanzen geben muss." Sie hielt inne und Merlin setzte die Geschichte fort.

„Wir haben also verschiedene Nachbarschaften in ganz Georgia besucht, bis wir etwa zwei Städte von hier entfernt fündig wurden. In einem Örtchen namens Beech Grove. Dort begegneten wir doch tatsächlich einem menschlichen Magier! Der Garten gehörte zwar ihm, aber er machte uns mit einem Freund von sich bekannt, einem Kater. Mr Fluffikins."

„Und Mr Fluffikins begleitete uns hierher und hat mit einer ausladenden Bewegung seines Schwanzes das Dach repariert! Ist das zu glauben?", rief Luna aufgeregt. Wenn ich es nicht besser wüsste, würde ich sagen, dass dieser Fluffikins bei ihr einen bleibenden Eindruck hinterlassen hatte.

Merlin schien jedoch nicht im Geringsten eifersüchtig zu sein, was ich sehr bewundernswert fand, vor allem angesichts ihrer komplizierten Vergangenheit.

„Ich kann nicht glauben, dass ihr euch wegen mir so viel Mühe gegeben habt. Vielen Dank!"

„Na ja, es war immerhin Merlins Schuld. Aber jetzt hat er seine Lektion über Elementarbeschwörung in geschlossenen Räumen gelernt, nicht wahr, Liebster?" Luna warf ihm einen durchdringenden Blick zu.

Beschämt ließ er den Kopf hängen. „Ja, meine Liebste."

„Ich weiß eure Bemühungen wirklich zu schätzen. Danke." Ich kraulte noch einmal ihre Köpfe, bevor ich mich wieder erhob.

„Oh, das war erst der Anfang. Außerdem war es seine Pflicht, den Schaden, den er verursacht hat, in Ordnung zu bringen", erklärte Luna streng, mehr an Merlin gewandt als an mich. „Als Zeichen der Wiedergutmachung hat er noch eine weitere Überraschung für dich."

Merlin holte tief Luft. „Ich habe viel über unser Gespräch von neulich nachgedacht, und wie viel es dir bedeutet, dass Luna und ich uns gewissen Bräuchen der menschlichen Welt fügen sollen, und daher ..." Er verstummte, und ich blickte ihn verwirrt an. Worauf wollte er hinaus?

Luna stupste ihn in die Seite. „Jetzt spuck es schon aus."

Mein Maine Coon hob den Kopf und starrte mich an. „Und daher haben wir uns entschlossen zu heiraten. Ganz offiziell. Noch vor der Geburt unserer Kinder."

Erfreut klatschte ich in die Hände. „Wow, das ist ja toll! Ich freue mich so für euch ..."

„Und du wirst die Hochzeit für uns planen", fiel Luna mir ins Wort. „Ist das nicht großartig?"

Mein Lächeln erstarrte. „Äh ... Ihr müsst das jetzt nicht alles meinetwegen machen." *Vor allem, wenn die ganze Arbeit an mir hängen bleibt.* Ich hatte keine Ahnung, wie man eine menschliche Hochzeit plante, geschweige denn eine für Katzen. Wo sollte ich überhaupt anfangen?

„Ist doch nicht der Rede wert, Gracie. Wir wollen dir diese Freude machen", versicherte Luna mir. Sie hatte ja keine Ahnung.

„Danke", erwiderte ich und bemühte mich, weiterhin eisern zu lächeln. „Wann soll das freudige Ereignis denn stattfinden?"

„Dieses Wochenende!", riefen die beiden im Chor.

Ach, du grüne Neune!

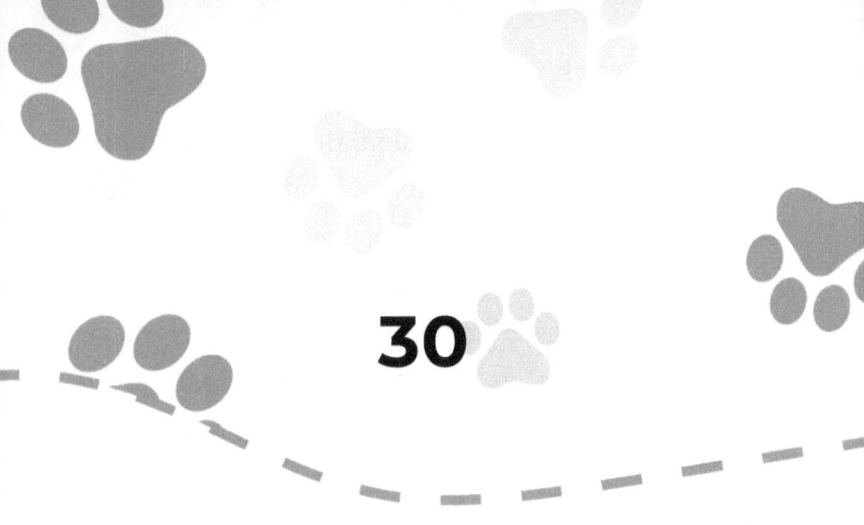

30

Und so endete ein Abenteuer, während die nächsten schon in der Ferne lauerten. Ich musste in Windeseile eine Katzenhochzeit planen, in weniger als zwei Monaten erwarteten wir tierischen Nachwuchs, einstweilen spukte eine neue, geisterhafte Mitbewohnerin in meinem Haus herum, die ich für den Rest meines Lebens meiden wollte, und zu allem Übel war unsere erbittertste Feindin noch auf freiem Fuß.

Es bestand kein Zweifel, dass Dash irgendwann wieder auftauchen würde, vor allem nach Harolds seltsamer Warnung. Trotzdem hatten wir keine Ahnung, wie wir sie aufspüren konnten, also mussten wir wohl warten, bis sie sich zu erkennen gab.

In der Zwischenzeit würden Merlin und ich unermüdlich daran arbeiten, unsere Bindung zu stärken, um für einen erneuten Kampf bereit zu sein. Dank Virginias Angriff hatte ich einen großen Teil seiner aufgestauten Magie verloren. Aber meinem magischen Kater war es zum Glück gelungen, mich wieder aufzupäppeln. Je mehr Zeit wir nun miteinander verbrachten, desto schneller konnte ich seine Magie in mir speichern.

Alles würde sich zum Guten wenden. Daran musste ich fest glauben, ansonsten würde ich noch durchdrehen.

Was mich jedoch an der ganzen Sache am meisten störte, war nicht etwa die Tatsache, dass ich beinahe durch die Hand einer tot geglaubten Gegnerin gestorben wäre, sondern dass mein Kollege und ehemaliger Verehrer Drake über mich und meine Katzen Bescheid wusste ... und wer weiß, was sonst noch alles?

Er besaß besondere Fähigkeiten, die ihn nicht im Geringsten zu beunruhigen schienen. Die Begegnung mit den Geistern hatte ihn kaum aus der Fassung gebracht. Er schien es wie alles andere in seinem Leben zu betrachten, schon irgendwie interessant, aber hauptsächlich ... normal.

Nur zu gerne würde ich ihn fragen, was genau er

war, aber wenn er es wüsste, würde er es mir bestimmt offen sagen.

Er wusste jedoch ganz genau, was ich war. Und während jeder Schicht, die wir gemeinsam verbrachten, löcherte er mich mit Fragen über jene Nacht.

Die Tische in Harolds Kaffeehaus waren nie blitzblanker gewesen als jetzt, wo ich mich ständig vor Drakes neugieriger Befragung zu drücken versuchte.

Bisher brachte er das Thema nur auf, wenn wir allein waren, aber was wäre, wenn er sich irgendwann in der Gegenwart anderer verplapperte? Würde ich die Konsequenzen tragen und mich vor der magischen Gerichtsbarkeit verantworten müssen?

Merlin und Luna hatten mir versichert, dass die Schuld allein bei Virginia lag, da sie sich ihm zu erkennen gegeben hatte, aber der Gedanke, dass er so viel wusste, behagte mir trotzdem nicht.

Ich vertraute ihm bedenkenlos meine Sicherheit an, aber meine Geheimnisse?

Auf keinen Fall.

Irgendwie hatte ich das Gefühl, ich würde bald ein paar schwierige Entscheidungen treffen müssen, um ihn, meine magische kleine Familie und mich selbst zu schützen.

Da ich bald auch noch Tante eines flauschigen

Kätzchenwurfs sein würde, durfte ich mir keine Fehler erlauben …

Wie geht es weiter?
Finde es schnell heraus …

Merlins letzter Kampf ist jetzt erhältlich.

Sichere dir noch heute dein Exemplar, damit du direkt mit der Fortsetzung dieser verrückten Krimiserie weiterlesen kannst!

Und vergiss nicht, dich in Mollys Liste einzutragen, damit du über alle Neuerscheinungen, monatlich stattfindende Verlosungen und weitere coole Aktionen (einschließlich jeder Menge Katzenfotos) informiert bleibst.

Dafür musst du nur hier klicken:
Katzengeheimnisse.com/abonnieren

WIE GEHT ES WEITER?

Als mein Kater mir eines Tages einen toten Vogel als Geschenk vor die Füße legte, rümpfte ich ein wenig die Nase.

Als dieser tote Vogel plötzlich wieder zum Leben erwachte, schrie ich laut auf.

Zunächst tat ich es als eines der vielen merkwürdigen Vorkommnisse ab, die einen eben erwarten, wenn man mit einem magischen Kater zusammenlebt, aber je öfter es geschah, desto skeptischer wurde ich.

Wie sich herausstellt, versammelt eine vertraute Feindin eine Armee von Untoten um sich, mit der sie uns in die Knie zwingen will. Aber Merlin und ich

werden uns ihren bösen Absichten nicht beugen …
vor allem nicht, wenn dadurch die Existenz der magischen Welt auf dem Spiel steht!

Denn wenn die Magie stirbt, wird jedes magische Wesen mit ihr sterben.

Nein, ich lasse ganz sicher nicht zu, dass mein Kater Opfer dieses finsteren Krieges wird. Ich bin bereit, mich den fiesen Zombiescharen und unserer mächtigen Erzfeindin zu stellen. Nichts wird Merlin und mich auseinanderbringen – dafür bin ich bereit, alles zu geben.

Hole dir noch heute dein persönliches Exemplar und fange direkt an zu lesen.

Viel Spaß!

Hallo allerseits, ich bin Gracie Springs, eine Mittzwanzigerin, die sich durch einen Job als Barista die Uni finanziert. Eigentlich hätte ich meine Masterarbeit schon vor Monaten fertig schreiben sollen, aber bisher fehlte mir einfach die Zeit.

Das kann man mir aber nun wirklich nicht zum Vorwurf machen. Im Ernst, versuchen Sie doch mal, als menschliche Vertraute eines magischen Katers zu arbeiten, auf den es mindestens zwei gefährliche Todfeinde abgesehen haben, und dann will ich sehen, wie Sie mit Ihrem Alltag klarkommen.

Seit mein Maine Coon Merlin mir seine Zauberkräfte offenbart hat, ist ständig jemand hinter mir her.

Als ich in die Kleinstadt Elderberry Heights in Georgia zog, wohnte ich zunächst mit meinem stinknormalen Kater in dem Haus, das meine Großmutter mir schenkte, weil sie sich auf den Florida Keys zur Ruhe setzen wollte. Mittlerweile haben sich auch noch Merlins schwangere Katzenfrau Luna sowie deren ehemalige Vertraute, ein missmutiges, fieses Gespenst namens Virginia, zu uns gesellt.

Langsam wird es etwas eng hier, und dabei sind die Kätzchen noch nicht einmal geboren!

Ach, und was das Beste ist?

Ich bin eine Nachfahrin von König Artus, und mein magischer Kater entstammt der Ahnenlinie keines Geringeren als des ursprünglichen Merlins!

Nein, nicht der menschliche Schwindler, den alle aus der Sage zu kennen glauben, sondern der echte Zauberer, der zufällig auch ein Kater war.

Aufgrund dieser Vergangenheit besteht zwischen Merlin und mir ein beinahe unzerstörbares Band. Außerdem macht es uns zur Zielscheibe zahlreicher Feinde.

Unsere Hauptgegnerin, Dash, hat sich zwar seit einer Weile nicht mehr blicken lassen, aber wir sind fest davon überzeugt, dass sie irgendwelche fiesen Pläne ausheckt und bald wieder zuschlagen wird.

Was genau sie eigentlich von uns will, weiß ich

nicht. Und ehrlich gesagt habe ich Angst, es herauszufinden.

Je mehr ich über die Welt der Zauberei erfahre, desto weniger verstehe ich sie. Ich selbst kann keine Magie wirken, sie aber wie ein Speicher in mir sammeln. Das ist genau genommen auch meine Hauptaufgabe als Merlins Vertraute: ein wandelndes Behältnis für seine überschüssige Magie zu sein. Wäre mein Kater ein ganz normaler Zauberer, hätte sich unsere Verbindung bei Weitem nicht so dramatisch auf mein Leben ausgewirkt.

Aber da er nun mal alles andere als normal ist, stürzen wir praktisch von einer gefährlichen Situation in die nächste.

Ich will mich wirklich nicht beschweren, da es mir eigentlich Spaß macht, ihm zu helfen. Irgendwer muss den Schurken ja Einhalt gebieten.

Warum also nicht ich?

Berühmte letzte Worte, ich weiß ...

„Aaah! Warum ich?“, kreischte ich auf, als Merlin mir einen toten Vogel vor die Füße legte, während ich mir meinen morgendlichen Kaffee brühte.

„Das ist ein Geschenk“, erklärte mein flauschiger Maine Coon würdevoll. Meine Reaktion auf seine groteske Geste schien ihn nicht sonderlich zu berühren.

Ich verzog das Gesicht und blickte auf das leblose Federtier auf dem Boden. „Warum sollte ich etwas Derartiges haben wollen?"

„Warum nicht?", entgegnete er. Sein Schwanz begann ungeduldig zu zucken. „Und woher willst du wissen, dass du es nicht magst, wenn du es nicht zumindest probierst?"

Diese Situation war wieder einmal der Beweis dafür, dass man sich nicht gegenseitig verstand, nur weil man miteinander sprechen konnte.

„Äh, danke", sagte ich und beugte mich hinunter, um mein „Geschenk" näher zu betrachten. Irgendwie musste ich es unauffällig loswerden, sobald er abgelenkt war. Aber das Problem war, dass Merlin seine Augen und Ohren stets überall zu haben schien.

„Siehst du, war doch gar nicht so schwer", erwiderte er mit dem Anflug eines selbstgefälligen Grinsens.

Gerade versuchte ich mir zu überlegen, was ich tun sollte – gar nicht so einfach ohne meine erste Ladung Koffein –, als der Vogel plötzlich wieder zum Leben erwachte.

Ich schrie auf und stolperte rückwärts, bis ich unsanft auf dem Hintern landete.

„Keine Panik, Gracie!", rief Merlin, der bereits zum Sprung ansetzte. „Ich beschütze dich vor diesem gefiederten Feind!"

Perplex sah ich zu, wie er in die Luft sprang, sich den Vogel mit seinen spitzen Fangzähnen schnappte und mit einem eleganten Bogen wieder auf dem Linoleumboden landete.

„Hätte schwören können ... dass er ... tot ist", murmelte er mit vollem Mund. Dann biss er zu meinem Entsetzen kräftig zu, dass die Knochen knirschten.

Ach, das arme, kleine Rotkehlchen!

Abermals legte Merlin den nun eindeutig toten Vogel zu meinen Füßen ab und begann, sich ausgiebig zu putzen.

Ich wusste nicht, was ich sagen sollte. Ein weiteres Dankeschön brachte ich nicht über die Lippen, aber natürlich konnte ich meinen Kater auch nicht für sein natürliches Verhalten tadeln.

Während ich weiterhin verdutzt auf den Vogel starrte, begann er wieder zu zucken. Erst kaum merklich mit der Flügelspitze, dann öffnete er plötzlich eines seiner kleinen, schwarzen Augen.

Langsam wich ich zurück, bis ich mit dem Rücken gegen den Kühlschrank stieß.

„Das lässt du mal schön bleiben!", fauchte Merlin

und stürzte sich auf das Rotkehlchen, bevor es erneut in die Luft fliegen konnte.

Diesmal biss er so fest zu, dass er dem armen Tier das Genick brach und der Kopf in einem unnatürlichen Winkel herunterhing.

Ich holte tief Luft und hoffte, ein derartiges Schauspiel nie wieder in meiner Küche erleben zu müssen. Selbst ohne Kaffee war ich nun hellwach ... und zweifellos fürs Leben gezeichnet.

„Ist er jetzt wirklich tot?", flüsterte ich nach einem Moment des Schweigens, besorgt, meine Stimme könnte den Vogel erneut zum Leben erwecken, wenn ich nicht leise genug war. Sofern Merlin ihn diesmal endgültig getötet hatte.

Wir beobachteten fassungslos, wie der kleine Federhaufen sich wieder regte.

So hatte ich meinen Tag eigentlich nicht beginnen wollen!

Hole dir noch heute dein persönliches Exemplar und fange direkt an zu lesen.

ÜBER MOLLY FITZ

Obwohl USA-Today-Bestsellerautorin Molly Fitz genau genommen nicht mit Tieren sprechen kann, führen sie und ihre drei tierischen Co-Autoren oft tiefgründige und lebhafte Gespräche, während sie den alltäglichen Dingen des Lebens nachgehen.

Molly lebt mit ihrem Kind und ihrem eigenen Privatzoo irgendwo in der Wildnis von Alaska. Gelegentlich wagt sie sich hinaus, um ein exquisites Essen zu genießen, einen guten Kaffee zu trinken oder neue Tierfreunde zu treffen.

Erfahre mehr über Molly und ihre deutschen Veröffentlichungen, indem du dich gleich für ihren Newsletter anmeldest:

www.katzengeheimnisse.com

MISS DOLITTLES GEHEIMNIS

Angie Russo hat sich gerade mit dem ersten sprechenden Katzendetektiv von Blueberry Bay zusammengetan. Gemeinsam mit seiner bunt zusammengewürfelten Schar menschlicher und tierischer Helfer ist Octocat fest entschlossen, jede Situation zu retten – solange sie nicht mit seinem persönlichen Zeitplan kollidiert.

Viel Spaß mit Band 1 – **Kommissar Katerchen**

MERLINS MAGISCHE ABENTEUER

Gracie Springs ist keine Hexe … ihr Kater hingegen schon. Jetzt muss sie alles in ihrer Macht Stehende tun, um sein Geheimnis zu wahren, oder sie riskiert, den Rest ihres Lebens in einem magischen Gefängnis zu verbringen. Zu dumm, dass sie den Ärger geradezu magnetisch anzuziehen scheint!

Viel Spaß mit Band 1 – **Merlin findet eine Vertraute**

AGENTUR FÜR PARANORMALE ZEITARBEIT

Tawny Bigfords gewöhnlich zu nennendes Leben nimmt eine magische Wendung, als sie über die Leiche ihrer Vermieterin stolpert und von einer sprechenden schwarzen Katze rekrutiert wird, die Rolle der Verstorbenen als offizielle Stadthexe von Beech Grove, Georgia, zu übernehmen.

Viel Spaß mit Band 1 – **Eine Hexe für alle Gelegenheiten**

DAS GEISTERHAFTE GÄSTEHAUS (MIT TRIXIE SILVERTALE)

Sydney Coleman hat alles erreicht – und doch steht sie irgendwann vor dem Nichts. Gerade, als sie ihr neues Bed and Breakfast eröffnen will, stellt sich ihr ein Geistertrio auf Schritt und Tritt in den Weg. Die Geister bestehen darauf, dass sie den Mord an ihrer Herrin aufklärt, aber Sydney braucht dringend Geld. Wenn nicht bald ein paar zahlende Gäste eintreffen, ist ihre Spukvilla dem Untergang geweiht.

Viel Spaß mit Band 1 – *Mörderischer Mondschein*

VERBINDE DICH MIT MOLLY

Wenn du ebenfalls ein großer Fan von spannenden, schrägen Tierkrimis bist, sollten wir unbedingt Freunde werden.

Wie wäre es, wenn du direkt einmal meine Facebook-Seite besuchst, die ich speziell für meine treuen deutschen Leser eingerichtet habe? Hier der Link dazu:

Facebook.com/Katzengeheimnisse

Oder melde dich für meinen Newsletter an und sichere dir als Abonnent gratis ein digitales Geschenkpaket, einschließlich einer exklusiven Kurzgeschichte über Octocat:

Katzengeheimnisse.com/Abonnieren

www.ingramcontent.com/pod-product-compliance
Lightning Source LLC
Chambersburg PA
CBHW020422110726
47899CB00006B/2094